저는 오늘도 떠나지 않습니다

일러두기

1. 이 책은 병원 중환자실에서 겪은 실제 사례를 바탕으로 집필되었으나, 등장하는 사람들의 사생활 보호를 위해 세부 정보는 재구성하였습니다.

2. 이 책의 외래어 표기는 국립국어원 어문규정을 따랐으나, 일부 의학 용어는 실제 현장에서 쓰이는 발음과 표기를 따랐습니다.

저는 오늘도 떠나지 않습니다: 코드블루 현장에 20대 청춘을 바친 중환자실 간호사의 진실한 고백

───

초판 1쇄 발행 2023년 10월 30일

지은이 이라윤

펴낸이 조기흠
책임편집 이수동 / **기획편집** 최진, 김혜성, 박소현
마케팅 정재훈, 박태규, 김선영, 홍태형, 임은희, 김예인 / **제작** 박성우, 김정우
교정교열 정정희 / **디자인** 리처드파커 이미지웍스

펴낸곳 한빛비즈(주) / **주소** 서울시 서대문구 연희로2길 62 4층
전화 02-325-5506 / **팩스** 02-326-1566
등록 2008년 1월 14일 제 25100-2017-000062호

ISBN 979-11-5784-709-9 03810

이 책에 대한 의견이나 오탈자 및 잘못된 내용에 대한 수정 정보는 한빛비즈의 홈페이지나
이메일(hanbitbiz@hanbit.co.kr)로 알려주십시오. 잘못된 책은 구입하신 서점에서 교환해드립니다.
책값은 뒤표지에 표시되어 있습니다.

⌂ hanbitbiz.com f facebook.com/hanbitbiz N post.naver.com/hanbit_biz
▶ youtube.com/한빛비즈 ⊙ instagram.com/hanbitbiz

───

Published by Hanbit Biz, Inc. Printed in Korea
Copyright © 2023 이라윤 & Hanbit Biz, Inc.

───

지금 하지 않으면 할 수 없는 일이 있습니다.
책으로 펴내고 싶은 아이디어나 원고를 메일(hanbitbiz@hanbit.co.kr)로 보내주세요.
한빛비즈는 여러분의 소중한 경험과 지식을 기다리고 있습니다.

저는

오늘도

떠나지

않습니다

이라윤 지음

코드블루 현장에

20대 청춘을 바친

중환자실 간호사의 진실한 고백

HB 한빛비즈
Hanbit Biz, Inc.

그릇의 민낯

"흔들리는 시간이 필요해요. 다만 스스로를 믿어주세요.
그리고 포기하지 마세요."

어느 학교에서 강연을 마칠 무렵이었다. "무너지고 무너
져 가는 사람들에게 해주고 싶은 말씀이 있으세요?"라는
질문을 받고 나는 저렇게 답했다. 순간적으로 나온 답변이
지만 이후 나의 마음에 도장을 새기듯 그 문장이 계속 떠올
랐다.

10년 가까이 중환자실 간호사로 지내오면서 정말 많이
흔들렸다. 무너졌고 문득, 부서졌다. 스물네 살의 어린 나

이에 대학병원 중환자실에서 '죽음'에 익숙해져야 했다. 나밖에 모르던 내가 누군가의 삶을 들여다봐야 했다. 또 이해해야 했다. 분명 사람이 살고 죽는 건 신의 영역에 더 가깝다는 것을 알면서도 내가 몰라서 뭔가 알아채지 못한 건 아닐까 하는 자책으로 스스로에게 많은 화살을 꽂았다. 엄마가 아이를 지키기 위해 공부하고 강해지는 것처럼 의사가 상주해 있지 않은 이 공간에서 나도 환자를 지키려면 강해져야만 했다.

한때는 간호사가 된 것을 후회했다. 만약 '내가 간호사가 되지 않았더라면 어떻게 살았을까?' '내가 지금의 병원에 오지 않았더라면?' '내가 중환자실에서 근무하지 않았더라면?'이라는 생각을 자주 했다. 그랬다면 아마 지금의 나는 없었을 것이다. 중환자실에서 나를 빚어내는 시간 동안, 나를 너무나 미워하기도 하고 나의 부족함을 뼈저리게 느끼기도 하고, 이렇게까지 일을 해야 하나 싶기도 했다. 20대를 일하고 공부하고를 반복하며 보내는 것이 억울했던 적도 있다. 하지만 그 때문에 단단해진 지금의 내 모습이 썩 마음에 든다.

한때는 터널 속에 있는 듯 눈앞이 너무 깜깜하고 숨이 막히고 답답하고 미쳐버릴 것 같았다. 매일매일 울었다. 나도 내 또래처럼 지내고 싶었던 날들이 많았다. 하지만 내 현실은 늘 누군가의 삶의 무게를 같이 조금씩 나눠 들어야 했고, 나눠 들기 위해서는 일하는 능력이 필요했다. 지식, 눈치, 스킬, 나 자신뿐 아니라 타인의 감정의 극한을 마주하고 컨트롤하는 것. 감정이입을 잘하는 나로서는 이 부분이 너무 힘들었다. 그 힘들었던 터널들을 지나서 나와보니 이제는 알 것 같다. 터널을 지나가는 방법을, 그리고 터널은 언제고 끝난다는 사실을.

흔들려야만 한다. 달아올라야만 한다. 유리는 달아올라서 원래의 형태가 무너져야지만 모양을 바꿀 수 있고, 부서져야지만 다시 달궈서 새로운 모양을 만들 수 있다. '그릇의 민낯'이다.

우리가 보는 그릇은 완성작이지만, 그 그릇이 완성되기 전의 유리는 작은 그릇을 깨서 다시 만들었을 수도 있고 재활용된 것인지도 모른다. 그 그릇들은 깨져서 달아올라 형태가 무너지고 다시 단단히 굳히는 과정을 거쳐 다시 예쁜 그릇으로 탄생한다. 완벽하거나 완전한 삶은 세상에 없다. 완성해 나갈 뿐이다.

이 책은 내 그릇이 흔들리고 깨지고 닳아올라 조금 더 큰 그릇으로 변화되어 가는 과정을 담고 있다. 그 과정에서 숱하게 헤매고 포기하고 싶었던 순간도 많았지만, 누군가 한 명에게는 힘이 되기를 바라며 이 책을 시작한다.

차례

2장 · 그렇게 간호사가 되어가다

3장 · 간호사가 된 것을 후회하지만, 간호사가 되지 않았다면 더 후회했을 것이다

4장 · 간호사의 자리는 절대 불이 꺼지지 않는다

5장 · 코로나의 상흔:

누구도 끝을 이야기할 수 없던 시간들

1장

중환자실의 시간과 공간

"띠딩~ 띠딩~ 띠딩~"

기계 경고음이 울리자 간호사들은 하던 일을 멈추고 진원지를 찾아 나섰다. 날카로운 경고음은 다 비슷한 것 같지만 환자 상태나 기계에 따라 소리가 다르다. 경찰차의 사이렌 소리와 소방차의 사이렌 소리가 다른 것처럼. 울리는 즉시 간호사는 그게 무슨 경고음인지 알아차린다. 무의식에 깊이 박혀 있는지 자면서도 구별할 정도다. 경고음을 먼저 찾아낸 간호사가 환자 상태를 파악한 후, 환자 위에 후다닥 올라가 심장 마사지를 시작하며 소리쳤다.

"코드블루 방송 띄워주세요. 앰부(ambu, 수동식 인공호흡기) 가져와!"

이 한마디에 경고음을 찾던 간호사들은 즉각 자신이 할 일을 찾아 뛰기 시작했다.

"제가 앰부 가지러 가요!"

"제가 인튜베이션(intubation, 기관 내 삽관) 준비할게요!"

"제가 에피네프린(epinephrine, 심장마비가 발생했을 때 다시 심장이 뛰도록 투여하는 강심제) 약 가지러 갈게요!"

한 명은 앰부를 가지러 가고, 한 명은 코드블루 방송을 띄웠다. 그리고 나머지 인원은 기관 내 삽관을 준비하고, 인공호흡기가 확보되었는지 확인하고, 없는 물품은 빠르게 가까운 부서에서 빌릴 준비까지 마쳤다. 담당 간호사는 담당의에게 환자 상태를 전화로 알렸다.

"코드블루, 코드블루, 외과계 중환자실. 코드블루, 코드블루, 외과계 중환자실."

새벽 3시 40분. 원내 방송을 마치고 이른 새벽이지만 환자의 보호자에게 전화했다. '한 번에 받으면 좋으련만…….' 이런 마음과는 달리 통화 연결음이 지속되었다. "따르릉, 따르릉, 따르릉." 지속된 연결음에 이어 "고객님이 전화를 받지 않……." 그 짧은 순간 보호자의 전화번호가 외워질 정도로 정말 미친 듯이 전화를 걸었다. 끊기면 다시 걸고 끊기면 다시 걸고를 반복하다가 다른 보호자에게도 번갈아 가며 전화를 걸었다. 여러 번 반복하고 나서야 한 보호자가 전화를 받았다.

"여보세요?"

"안녕하세요. 여기 ○○병원 중환자실입니다. △△△ 님 보호자분 맞으시죠? 지금 심정지 상황이 와서 빨리 병원으로 오셔야 할 것 같아요!"

"……네? 지금 심장이 멈췄나요?"

"네. 심폐소생술 하고 있어요. 빨리 병원으로 와주세요! 그리고 다른 보호자들에게도 연락 좀 취해주세요."

"알겠어요. (횡설수설하며) 빨리 갈게요."

"병원까지 오시는 데 얼마나 걸리세요?"

"한 시간? 아니, 아니, 한 40분 걸릴 것 같아요."

심폐소생술을 계속하고 있는데도 중환자실 문을 열고 들어오는 사람이 아무도 없다. 간호사가 처치할 수 있는 범위와 의사가 처치할 수 있는 범위가 다르기에 속은 타들어만 간다.

"자, 손 바꿀게요. 하나, 둘, 셋."

심장 마사지를 할 때는 규칙이 있다. 5센티미터 정도만 적당한 속도로 누를 것. 하지만 늘 머리와 손이 따로 논다. 머리로는 알지만 환자를 살리고 싶은 마음에 환자의 가슴을 누르는 속도가 자꾸 빨라지려 했다. '하나, 둘, 셋' '하나, 둘, 셋' 숫자들을 되뇌었다. 반복할수록 머리에서 땀이 주르륵 흘러내려 눈을 찔렀다. 환자의 가슴을 누르면서 팔을 내 이마 가까이 대어 흐르는 땀을 닦아보았다. 온 힘을 다해 환자의 심장을 누르며 제발 버텨주기를 바라지만 '하나, 둘, 셋' 숫자가 반복될수록 몸의 힘이 빠지기 시작했다.

"선생님, 저 손 좀 바꿔주세요. 힘 빠지는 것 같아요."
"손 바꿀게요. 하나, 둘, 셋."

손을 바꾸고 내려오자 땀은 더 쉴 새 없이 흘러내리며 손이 부들부들 떨렸다. 주사기를 잡을 때도 술을 진탕 먹은 사람처럼 손이 떨려 애를 먹었다.

"코드블루 방송 한 번 더 해주세요."
"코드블루, 코드블루, 외과계 중환자실. 코드블루, 코드블루, 외과계 중환자실."

얼마 전 다른 중환자실에서 코드블루 방송을 연달아 띄우는 걸 듣고 '어떡해, 아무도 안 오나 봐' 하는 안타까운 마음이 들었는데 이게 바로 우리 상황이 되었다. 의사들도 당직 근무를 하는 탓에 밤새 전화 받고 환자를 살펴보다가 잠깐 잠들 시간이긴 했다. 의사의 당직 시간은 하루가 넘어가는 살인적 스케줄이다. 바쁘지 않으면 보통 그 시간에 쉬어도 되지만 바쁜 날이라면 거의 잠을 못 자기 때문에 애처로울 때가 많다.

코드블루 방송을 다시 하고 시간이 몇 분 흘러가자 그제야 중환자실 문을 열고 사람들이 뛰어 들어왔다. 기관 내 삽관을 시행하고 약물 주입이 시작되었다. 다행히도 환자는 오랜 시간이 걸리지 않아 심장 리듬을 찾았다. 환자의 심장이 다시 뛰기 시작했으니 본격적인 환자 상태 안정화를 위한 처방이 쏟아졌다. 심폐소생술을 하며 밀렸던 일들과 쏟아진 처방을 해치우느라 퇴근 시간을 훌쩍 넘겨서야 아침 햇살을 맞으며 퇴근했다.

신경외과 환자들은 뇌에 문제가 생기면 갑작스러운 의식 변화를 보이기에 최소 한 시간마다 의식 사정을 한다. 다른 일을 하면서도 일부러 환자에게 말을 걸어본다.

"오늘 몇 월 며칠인지 아세요?"
"지금 대통령 누군지 아세요?"
"집 주소가 어떻게 되세요?"
"올해 연세가 어떻게 되세요?"
"아들딸이 몇 명 있으세요?"

이처럼 여러 가지 질문 폭탄을 날린다. 간혹 의식이 온전하지 않아 욕을 하는 환자도 더러 있다. 기분 나쁠 때도 있지만 차라리 욕을 하면 다행이라는 생각이 든다.

그런데 묻는 말에 아까까지 대답을 잘하던 환자가 갑자기 대답하지 못했다. "으어어어어어." 이상한 소리만 내는 것도 모자라, 일부러 아프게 하는데도 자신을 아프게 하는 손을 밀어내지 못했다. 동공이 빛에 반응하는지, 사지를 어느 정도 움직일 수 있는지 확인하고 바로 담당의에게 보고했다.

"선생님 한쪽 위약 있고, 원래 단어 정도는 말했었는데 지금은 단어도 말 못 해요."
"뇌 CT 처방 낼 테니까 검사 바로 진행해주세요."

전화를 끊고 바로 CT실에 전화를 걸어 급한 환자가 있음을 설명하고 환자를 CT실에 보냈다. 보호자에게 전화를 걸어 상황을 설명하고서 병원으로 바로 와달라고 요청했다. 그 사이 뇌 CT를 찍은 환자는 중환자실에 돌아오고, CT를 확인해보니 이미 뇌출혈이 진행되고 있었다. CT를 보자마자 담당의는 교수님께 보고하더니 바로 수술 들어가겠다며 수술 동의서를 요청하고 수술 전 처방을 주르륵 내고서 보호자 면담을 하러 나섰다. 나는 담당의가 동의서를 설명하는 동안 처방을 해치워야 했다. 내가 처방을 받자마자 옆에서 보던 다른 간호사들이 내가 받은 처방들을 쭉 시행해주었다. 수액을 바꿔 달고 항생제 반응 검사를 시행하고 다른 간호사는 수술하면서 혹시나 수혈할 때를 대비해서 수술 전 피검사를 시행했다. 나는 잠시 동안 벌어진 많은 일을 간호기록으로 남긴 후, 담당의가 보호자에게 받아온 동의서들이 제대로 작

성되어 있는지 빠르게 넘기며 확인하고 최종적인 수술 진행
준비를 했다.

"수술 들어갈게요."

"선생님, 아직 항생제 반응 검사한 지 얼마 되지 않았는
데……."

"들어가서 확인할게요. 이거 주면 되죠?"

"네."

"바로 환자 수술실로 보내주세요."

CT를 찍고 5분도 되지 않아 담당의는 보호자에게 수술 동
의서 서명을 받은 후 수술을 하러 들어갔다. 다행스러운 건,
그 시간에 문제가 발생한 환자가 한 명이었다는 사실이다.

한 명의 환자에게 문제가 생겨도 짧은 시간에 많은 에너지
가 필요하기에 그 공간 안에 있는 간호사들은 하던 일을 멈
추고 다 붙어서 해결한다. 중환자실이라는 곳은 말 그대로
'중환자'들이 모여 있는 공간이기에 갑자기 무슨 일이 터져
도 이상하지 않다. 문제는 그 무슨 일이 한 명이 아니라 두 명
이상에게 벌어질 때다. 한 공간에서 심폐소생술을 동시에 해
야 할 때 한정된 인원을 둘로 나누어야 한다. 심폐소생술이

한 건만 있어도 다른 환자들은 최소한의 눈길과 손길만 받게 된다. 아슬아슬한 외줄타기다. 안 되는 걸 되게 하는 공간. 우리에겐 이런 일들이 24시간 중 어느 시간대든 상관없이 일어난다.

포털 사이트 검색창에 '간호사'라는 단어를 치면 '24시간 건강한 대한민국을 위해 일하는 간호사'라고 나온다.

"간호사는 병원에서 의사의 진료를 돕고, 24시간 환자 곁에서 의사의 처방이나 규정된 간호기술에 따라 치료를 하며, 의사 부재 시에는 비상조치를 취한다. 또 가정이나 지역사회를 대상으로 건강의 회복, 질병의 예방, 건강의 유지와 증진을 도와주는 활동을 한다."

'YES24'라는 온라인 서점이 있다. 24시간 언제든지 주문을 받아 바로 택배로 보낸다는 의미를 담은 상호다. 이걸 보면서 간호사와 굉장히 비슷하다고 생각했다. 우리 간호사들도 24시간 환자 곁에서 언제든지 'YES! 네!'라고 답해야 한다. 동시에 '안 되면 되게 하라'는 특전사 구호처럼 도저히 불가능해 보이는 일도 어떡해서든 가능하게 만들어야 하는 공간이 바로 '중환자실'이다.

한때는 중환자실에서 정말 벗어나고 싶었다. 중환자실은 '관계자 외 출입 금지'로 폐쇄된 공간이자 늘 뛰어다녀도 시간이 모자라는 곳이다. 화장실을 하루에 한 번 갈 수 있을까 말까 했고 근무 때마다 나의 한계를 시험당했다. 일하는 내내 초조했고 궁지에 몰려 매 순간 나의 인성을 시험당했다. 그리고 무엇보다 매일 보는 죽음이 나의 목을 옥죄는 것 같았다. 이런 시간이 차곡차곡 쌓여 5년이라는 시간이 지나서야 내 인생에서 돈 주고도 배우지 못할 값진 경험이었음을 인정할 수 있었다.

생과 사의 경계인 중환자실에서 수많은 죽음과 가까이하

게 되면서 자연스럽게 이런 생각이 떠올랐다.

'나도 당장 죽을 수 있구나.'
'만약 내가 저 상황이 되면 치료를 받아야 할까?'
'나의 죽음은 어떤 모습일까?'
'내가 보호자라면 저런 상황에서 어떤 선택을 할까?'

마음에 잔상처럼 남은 이 고민들이 어느 날 생각지도 못한 순간에 엄마 앞에서 툭 튀어나왔다.

"엄마, 엄마는 나중에 연명의료 중단하고 싶어?"
"연명의료 중단? 그런 말 하지 마. 네가 그런 말 하니까 엄마 무서워."

맞다. 엄마도 나이가 들면서 아픈 데가 하나둘 생겨났지만 아직 연명의료 중단에 대해서는 생각해보지 못할 나이였다. 깊이 생각한 후에 조심스레 물어봤어야 할 질문들인데 내 감정이 너무 앞섰다. 엄마의 반응처럼 얼마나 많은 사람이 고민하는 것조차 두려워하며 살아갈까?

아침 근무를 시작할 때였다. 내가 담당해야 하는 자리엔 한눈에 봐도 숨 쉬기가 어려워 보이는 할머니가 있었다. 눈이 반쯤 풀린 데다 몸은 축 늘어져 있었다.

"○○님, 눈 떠보세요. 간호사 바뀌는 시간이어서 확인 좀 할게요. 성함이 어떻게 되세요?"

"○⋯⋯ ○○요."

할머니는 눈을 겨우 떴다 감았고, 금방이라도 눈을 꼭 감아버릴 것만 같았다. 혈압 잴 때가 되지 않았지만 불안한 느낌에 혈압을 쟀다. "눈 뜨고 있으세요. 입은 다물고 코로 숨 쉬세요"라고 말하며 활력징후를 빠르게 확인했다. 그리고 서둘러 이전 근무 담당자에게 환자를 인계받았다.

"환자 혈압이 점차 떨어져 가지만, 담당의는 승압제를 더 이상 쓰고 싶지 않다고 하셨어요."

환자는 이미 암 덩어리가 여기저기 전이된 상태라 당장 살려낸다고 해도 큰 의미가 없었다. 같은 상황이 계속 반복될 터였다. 이 상황에서 승압제를 사용하는 것은 연명의료임이 분명했다. 인계를 받고 나서는 한시도 할머니에게 눈을 뗄 수가 없었다. 담당의가 쓰고 싶지 않다는 마음을 내비쳤을 뿐 확실히 보호자에게 설명하고 정한 것이 아니었기에 마지막일지 모를 타이밍을 놓칠 수 없었다. 불안한 마음에 활력징후를 계속 확인하며 담당의에게 전화를 걸었다.

"선생님, 지금 산소포화도 80퍼센트대밖에 나오지 않고 혈압도 측정 안 돼요. 어떻게 할 생각이세요?"

"아…… 보호자가 심폐소생술을 원하지 않는다고는 했는데, 일단 교수님과 먼저 상의해볼게요."

"네. 바로 연락 주세요."

여기서부터 환자의 상태가 더 나빠지지 않게 유지하는 것이 나의 몫이었다. 전화가 오기만을 초조하게 기다리며 내가할 수 있는 모든 것을 시도했다. 혈압이 낮으니 환자의 다리를 올려 심장 쪽으로 혈액이 모여 혈압이 올라가길 바랐다. 숨도 가쁘게 쉬고 있었기에 옆에서 의식을 잃지 않게 계속말을 걸었다.

"입은 '암' 하고 다물고 코로 숨을 쉬어야 해요. 많이 힘들어요?"

담당의가 와서 환자를 살피더니 더 이상 버틸 수 없다는것을 확인한 후 보호자와 면담을 하러 나갔다. 보호자인 아들은 밖에서 기다리고 있었다. 그런데 아버지가 오고 계시다며 그때까지 조금만 기다려달라는 답변이 돌아왔다. 환자는 점점 눈 뜨기도 어려워하고 있었다. 아버지가 언제 도착할지 모르지만 나는 제발 이 시간이 조금만 더 길어지기를 간절히 바랐다.

이런 나의 마음이 통했는지 이내 환자의 배우자가 도착했다. 담당의는 서둘러 배우자와 아들들에게 환자 상태를 설명하며 임종 면회를 진행했다. 할아버지는 자신의 눈앞에서 힘들게 숨 쉬는 할머니를 보며 한순간에 무너졌다. 그러곤 어떻게 해야 하느냐며 안절부절하지 못했다. 이런 모습을 보던 아들들은 괴로웠는지 심폐소생술을 하지 않겠다는 뜻을 바꾸어 제발 좀 살려달라고 매달렸다.

심폐소생술을 하지 않겠다는 보호자의 뜻에 따라 적극적인 치료를 조금 보류하고 있던 우리는 갑자기 바뀐 보호자의 의견대로 정말 마지막 타이밍을 놓치지 않기 위해 급하게 기관 내 삽관을 시작했다. 인공호흡기를 달고 승압제도 올려나갔다.

하지만 할머니의 심박동수는 100회, 90회, 80회로 눈에 띄게 줄어들어 갔다. 우리의 필사적인 노력에도 환자는 이미 돌아올 수 없는 세상을 향해 가고 있었다. 심박동수가 60대까지 훅 떨어져 버렸고, 불안한 나는 떨리는 손으로 제세동기를 달기 시작했다. 제세동기를 부착한 순간 갑자기 제세동기가 "띠-띠-띠-띠-" 위험을 알려왔다. 부착 중에 울린 기계음이라 '뭐지?' 하며 바로 침대 위 모니터를 확인했다. 할머니의 심장은 30대로 뛰고 있었다.

"선생님, 여기 CPR이요!"

소리쳐 사람들에게 알린 후 바로 환자의 심장에 손을 대고 온몸의 힘을 다 실어 눌러대기 시작했다. 하나둘, 으드득! 속도를 맞추기 위해 속으로 숫자를 세고 있었는데 갈비뼈가 부러지는 소리와 함께 그 느낌이 손으로 전해졌다. 다행히 3분 만에 환자의 심장은 원래대로 돌아왔지만 이내 다시 시작될 거라는 건 의료진 모두가 예상할 수 있었다.

한 시간쯤 지났을까. 환자의 몸에 달린 기계들은 "띠링 띠링, 띵띵띵, 띠-띠-" 등 여러 음으로 위험성을 알려댔고, 결국 심정지가 왔다.

"코드블루, 코드블루, 외과계 중환자실. 코드블루, 코드블루, 외과계 중환자실."

다시 시작된 코드블루 방송과 함께 심폐소생술이 또 시

행되었다.

"에피네프린 3분마다 주사하고 있죠? 자, 손 바꾸겠습니다. 하나, 둘, 셋."

'푹푹푹' 하며 30분 넘게 심장을 계속 눌렀으나 심장은 뛸 생각을 하지 않았다. 더 이상은 의미가 없을 것 같다고 판단했는지 담당의가 보호자를 면담하러 나갔다. 그러더니 이내 보호자를 데리고 들어와 심폐소생술 광경을 보여줬다. 보호자가 보기를 원했던 건지 아니면 심폐소생술을 계속 해달라며 확인하러 온 건지는 잘 모르겠다.

"아이고, 그만 하이소. 그만 하이소. 그만…… 하이소."

갑작스러운 목소리에 우리는 심폐소생술을 멈추었다. 할머니의 아들은 빨개진 눈에 눈물과 콧물이 범벅된 얼굴로 망연자실 우리를 바라보고 있었다. 그러더니 우리에게 말했다.

"수고하셨습니다."

그 한마디를 듣는 순간 멍해졌다. 잠시나마 나의 온몸이 멈춰버린 것 같았다. 주변의 많은 기계음과 사람 소리, 잡음들이 순간 사라져 버리는 이상한 경험이었다.

할머니에게서 손을 떼는 우리를 보며 눈물 섞인 목소리로 그는 다시 한번 "수고하셨습니다"라고 인사를 건넸다.

가족들은 어떤 마음이었을까? 처음에는 어머니와 마지막

인사를 하고 싶어서 심폐소생술을 해달라고 번복했던 걸까? 자신의 선택이 어머니를 힘들게 한다고 생각했던 걸까? 이렇게 해도 돌아올 수 없다고 받아들인 걸까? 나라면 나의 엄마나 가족을 심폐소생술 없이 보낼 수 있을까? 의학적 지식이 있는 나도 그 마지막 순간이 오면 어떻게 해야 할지 몰라 다시 심폐소생술을 해달라고 하지 않을까? 과연 나는 가족의 죽음을 받아들여야 하는 순간 "수고하셨습니다"라고 말할 수 있을까? 내 슬픔에, 내가 받아들여야 하는 감정에 그런 생각을 할 수 있을까? 이런 고민들이 나의 가슴속에 파고든 하루였다.

가끔은

사람은 원하든 원하지 않든, 예견되어 있든 그렇지 않든 결국 죽는다. 우리의 마지막은 죽음이다. 하지만 죽음의 형태는 여러 가지다. 병치레를 하며 어느 정도 마음의 준비를 하는 경우가 있는가 하면, 갑자기 발견된 중병이나 사고 등으로 한순간에 죽음을 맞이하는 일도 있다. 예견된 죽음일지라도 막상 마지막 순간이 오면 환자도 보호자도 준비한 시간이 무색해진다. 하물며 준비되지 않은 죽음 앞에선 일어난 현실을 꿈으로 착각하는 쇼크 상태에 빠지기도 한다. 이 경우는 현실을 절대 인정하지 않으려고 한다.

70세에 이르기까지 큰 병 한번 앓지 않은 할머니가 실려

왔다. 평소와 다름없이 운동 겸 산책을 나간 할머니가 계단에서 발을 헛디뎌 넘어졌는지 오른쪽 몸 전체에 쓸린 상처와 멍이 여기저기 생겼다. 머리부터 떨어진 탓인지 정신을 잃은 상태로 사람들에게 발견되어 119를 통해 어느 종합병원 응급실로 이송되었다. 뇌 CT상 뇌출혈 소견이 발견되어 수술을 해야 한다고 하자, 보호자들이 더 큰 병원에서 수술하기를 원해 우리 병원에 전원 의뢰가 왔다.

공교롭게도 수술을 진행하고 집중적으로 감시할 중환자실에 자리가 없었다. 게다가 주말 새벽이라 당직 의사가 많은 환자를 보고 있었기에 병원 측에서는 전원 의뢰를 받아줄 수 없다고 답변했다. 잠시 후 응급 원무과에서 전화가 걸려왔다.

"혹시 신경외과 환자 받아주실 수 있을까요?"

"저희 자리 다 찼다고 아까도 말씀드렸는데요."

"그게 전원 의뢰가 왔던 환자인데, 그냥 응급실로 밀고 들어왔어요."

"네? 안 된다고 했는데 온 거죠?"

"네."

충분한 치료 환경이 되지 않아 전원을 받아줄 수 없다고 했는데도 보호자들이 무작정 환자를 데리고 응급실로 밀고 들어온 것이다. 응급실로 온 환자를 다시 돌려보낼 수는 없어 타 병원 검사 결과지와 영상들을 확인한 후 기본적인 처치를 시행했다. 뇌출혈을 우선적으로 치료해야 했기에 신경외과로 입원장이 났다. 뇌 수술은 한 번 열면 자칫 손상을 입을 수 있고 그 손상은 절대 돌이킬 수 없기에 꽤 신중하게 이뤄진다. 이 수술이 정말 필요한지 잘 따져봐야 하기 때문에 경우에 따라서는 응급실에 온 후 뇌 CT를 한 번 더 찍기도 한다. 그동안 출혈이 멈췄는지 아니면 멈추지 않고 증량했는지 확인한 후 수술을 결정하기 위해서다.

할머니의 경우, 이미 종합병원에서 찍어온 뇌 CT가 있었기에 먼저 확인한 후 두 시간 뒤에 다시 CT를 찍어보기로 했다. 뇌에 출혈이 더 생긴 경우 혈압이 측정되지 않는다거나 동공 사이즈가 변한다거나 동공이 빛에 반응하지 않는다거나 숨을 쉬지 않는다거나 맥박이 느리게 뛴다거나 여러 가지 방법으로 알 수 있다. 두 시간 동안 지속적으로 환자 상태를 체크했고 큰 변화가 없었으나 다시 촬영한 CT상에서 출혈량이 더 많아졌다. 수술해야 하는 상황이었다. 이미 출혈이 진행됐고 뇌가 손상되었기 때문에 수술을 진행한다고 해서 원래대로 돌아갈 수 있는 것은 아니었다. 그저 지금보다 더 나빠지지 않도록 수술하는 것이다. 그래도 보호자가 수술을 원했다. 수술 동의서를 설명하자 보호자들이 험한 말을 내뱉었다.

"너네가 환자 오자마자 수술했으면 이렇게 되지 않았을 거 아니야! 너네가 환자 방치했잖아!"

이럴수록 수술은 더 지체되는데 말이다. 방치한 것이 아니라 시차를 두고 찍어봐서 수술이 꼭 필요한지를 파악한 것이라 설명했고, 수술에 대해서도 여러 차례 자세히 알려주었다. 그렇지만 보호자들은 화를 멈추지 않았다.

"당신은 내가 이렇게 해도 이해해야 돼. 당신은 의사고 나는 보호자니깐!"

이런 소동 중에 환자는 수술이 끝나 중환자실로 올라왔다. 수술 전, 수술 동의서를 설명할 때 담당의가 말했던 것처럼 할머니는 온전한 정신으로 깨어나지 못했다. 보호자들은 매일 면회 시간에 올 때마다 변한 것이 있느냐며 환자가 깨어날 수 있는지 매번 똑같은 질문을 했다. 우리가 해줄 수 있는 말은 사실대로 "가망 없습니다"밖에 없었다. 그러면 보호자들은 한껏 눈을 흘기며 말한다.

"그런 말 하지 말아요!"

원하는 대답을 해주지 못하는 내가 그 눈빛을 받을 때면 죄인이 되는 것 같았다. 그렇다고 거짓말을 할 수도 없는 노릇이었다. 현실을 받아들이게 하는 것도 의료인의 몫이다. 듣고 싶은 말을 해주면 서로 기분 상하지 않고 좋겠지만, 결과가 좋지 못할 경우 보호자가 마음의 준비를 할 시간을 뺏는 것일 수도 있다.

그렇게 보호자와 의료진은 아슬아슬한 하루하루를 보내고 있었다. 비록 가망 없다고 말했지만 치료를 중단할 수는 없기에 코에서 위까지 들어가는 위관 튜브를 넣고 경관영양을 시작했다. 그러자 보호자가 우리의 행동 하나하나에 트집을 잡을 것처럼 물어보았다.

"코에 있는 거, 이거 뭐 하려고 집어넣은 거예요?"

"여기로 식사 드리려고 오늘 아침에 넣었어요."

"왜 내용물을 다시 꺼내보는 거죠?"

"점심 식사를 주기 전에 아침에 주었던 식사가 소화가 다 되었는지 확인하려고요."

"식사 진행했는데 왜 대변은 안 나오는 거예요?"

"안 그래도 관장을 두 번이나 했는데 대변이 안 나오네요. 담당의 선생님께서도 알고 계시고, 뇌가 많이 죽어 장운동이 되지 않아서 그럴 거라고 하셨습니다."

그래도 흘기는 눈을 피할 수 없었다. 살얼음판 걷듯 하루하루가 지나 중환자실 치료를 끝내고 병동에 내려가야 하는 상황이 되었다. 병동 내려가기 전에 그래도 혹시 모르는 마음으로 CT를 찍고 내려가기로 했고, 이 사항을 설명하기 위해 담당의는 쉬는 날인데도 병원에 나와 보호자와 면담하며 설명했다.

"내일 CT 촬영하고 괜찮으면 병동 내려갈 거예요."
"CT 언제 찍는데요?"
"잘 모르겠어요. 내일."
"당신이 의사인데! 모르는 게 어딨어! 의사면 다 알아야지."
"그건 저도 몰라요. 내일 되어봐야……."

보통 중환자실은 외래에서 정해진 CT 시간, 응급 CT를 피해 중간중간 들어가 찍기 때문에 시간을 미리 정하기가 어렵다. 더군다나 주말이어서 정확한 시간 알기가 더 어려웠다.
"당신은 도대체 아는 게 뭐야? 내가 당신 응급실에서부터 마음에 안 들었어."

　보호자들이 말도 듣지 않고 막무가내로 소리치며 달려들자 담당의는 더 큰 충돌을 막기 위해 잠시 자리를 피하려고 간호사 스테이션에 있는 컴퓨터에 앉았다. 그러자 보호자들이 따라와 삿대질하며 소리쳤다.

　"당신은 의사가 되기 전에 인성이 먼저 돼야 해! 응? 그래 너는 유식하고 우린 무식해서 모른다!"

　"너네 부모님이어도 이렇게 할 수 있을 거 같아? 살아서 걸어 나갈 수 있게 만들어!"

　"걸어 나갈 수 있을 때까지 중환자실 안 나가!"

　평소에 보호자와의 갈등도 갈등이었지만 막무가내로 퍼붓는 보호자들의 분노와 욕설에 담당의도 화가 났는지 한마디 하기 시작했다.

　"제가 모르는 걸 모른다고 대답했는데 그게 왜요! 스케줄까지는 저도 잘 모른다고요."

　"네가 그러고도 의사냐? 의사가 모르는 게 어딨어? 다 알아야지!"

서로 소리를 지르며 싸우는 상황이 벌어졌고, 결국 중환자실은 아수라장이 되었다.

"보호자분, 제 말 좀 들어……."

"!@#$!@#@!@#@#"

"아니, 보호자분, CT는 내일 예정되어 있는……(시간 중간에 껴서 들어가는 거예요)."

"아니, 그러니깐 언제 예정되어 있냐고!"

"예정된 시간에 껴서……"

"#$!#!#$!"

"하…… 여기 중환자실이에요. 싸우실 거면 다른 환자분들 안정 취해야 하니까 나가서 싸우세요!"

일단 고성이 오가는 담당의와 보호자들을 중환자실 밖으로 내쫓았다. 다른 보호자들의 면회가 끝난 후 나가보니 여전히 서로의 할 말만 하고 있었다. 아무래도 담당의를 말리는 것이 쉬울 거 같았다.

"선생님, 그만해요. 그만하고 일단 들어가요."

"이것 좀 놔봐요!"

참을 만큼 참았던 담당의는 말리는 우리 손을 뿌리쳤다.

거기에 보호자는 "네가 응급실에서 괜찮다며!"라고 맞불을 놓았다.

"제가 언제 괜찮다고 그랬어요? 그런 말 한 적 없어요!"

보다 못한 다른 환자의 보호자들까지 가세해 난장판이 되어갈 때쯤 병원 내 청원경찰이 올라와 상황을 종료시켰다.

그리고 이 사건은 마무리된 듯했으나 그날 저녁 면회 시간에 또 일이 터졌다. 담당의가 다른 보호자들과 면담을 마치고 엘리베이터를 타기 위해 호주머니에 손을 넣고 기다리고 있을 때 그 보호자들이 다짜고짜 담당의의 손을 때렸다는 것이다. 담당의가 당황스러워서 왜 그러냐고 하자 담당의의 입을 손으로 때리려고 했다는 말이 전해 들려왔다.

가끔은 '우리가 무엇을 위해 이렇게까지 하고 있나'라는 생각이 든다. '인성'을 운운하면서 왜 자신의 인성은 되돌아보지 않는 것인지. 어쩌다가 우리는 이런 대접을 받아도 이해해야 하는 사람들이 된 건지 싶다. 자랑스럽다가도 가끔은 이 일이 참 힘 빠진다.

"선생님, 흉부외과 환자 수술하고 있는데 혈압 떨어져서 중환자실로 나와야 할 것 같다고 전화 왔어요. 어떻게 할까요?"

"언제 온데?"

"15분 뒤에요. 기도 내관 제거하고 환자 자가호흡 살려서 나온다고 하셨습니다. 약은 노르핀(혈관 수축제), 도파민(강심제) 수액 달고 있다고 합니다."

중환자실은 말 그대로 중증도가 높은 환자들을 집중적으로 보는 곳이다. 시간대에 정해진 일들 말고도 응급 상황이 많이 일어나 항상 긴장된 상태로 일한다. 그중 외과계 중환자실은 큰 수술이거나 수술하고 집중적으로 환자 상태를 모니터링해야 할 때 하루 전부터 예약이 걸려 있다. 수술 후 원래는 일반 병실로 보내져야 하나, 수술 중 상태가 악화되어 중환자실로 급하게 옮겨지는 일이 꽤 자주 발생한다. 이 경우, 응급 약물들을 수액으로 달고 있는 환자의 경과를 면밀히 관찰해야 한다. 당연히 외과계 중환자실은 긴장에 긴장을 더해 일하는 공간이다.

"본 2병동 간호사 ○○○입니다."

"선생님, 혹시 많이 바쁘세요? 외과계 중환자실인데요. 수술 끝나고 안 좋은 환자가 있어서 전실 나와야 할 것 같다고 하는데 환자 좀 받아주실 수 없을까요?"

"하…… 선생님…… 저희도 수술 보내야 해서 너무 바쁜데…… 환자 지금 나온다고 그러신 거죠?"

"네. 저희도 방금 연락 받았어요."

"그럼 환자 5분 뒤에 출발시켜 주세요."

보통 정해진 수술들은 아침 8시부터 오후 6시 전에 마무리되지만 수술 경과 시간에 따라 오후 늦게까지 진행되기도 한다. 그렇기에 아침에 근무하는 간호사들은 부서 내에 있는 환자들이 일반 병동으로 전실이 결정되면 일반 병실을 예약하고 환자를 빨리 옮겨야 한다. 그래야 수술 환자를 받을 수 있다. 이 경우는 수술 종료 전에만 환자를 일반 병동으로 보내고 새 환자 받을 준비를 하면 된다. 문제는 중환자실 전체에 환자가 다 차 있는 경우다. 이럴 때는 일반 병실에서 받아줄 수 없는 환경이어도 받아달라고 사정하고 보내야만 한다.

수술이 끝나면 수술실에서는 환자의 전실 예정 시간과 준비해야 하는 사항들에 대해 인계하는 전화가 온다. 그 전화를 받은 우리의 발은 더욱 빨라지고 손길은 거침없어진다. 정규시간에는 의사의 처방이 쏟아지고 정해진 시간에 해야 할 일들과 시시각각으로 변하는 환자 상태에 따른 일들이 잔뜩 밀려 있다. 오늘 같은 경우는 중환자실로 나와야 할 것 같다며 15분 정도를 이미 말했기에 마음이 더욱 급했다. 환자를 일반 병동으로 보내기 위해 급하게 보호자를 찾았다. 보호자는 집에서 출발해 아무리 빨라도 20분이 걸린다고 했다. 그 시간을 기다려 보호자와 같이 전실하면 좋겠지만 상황이 여유롭지 못한 탓에 먼저 전실할 예정이니 최대한 빨리 병동으로 가달라고 통화를 마무리 짓고 전산 정리를 시작했다. 이송이 시작되고 보호자에게 다시 한번 전화하여 전실을 알리자, 보호자가 이것저것 궁금한 것을 묻는다.

"보호자분, 환자분 먼저 일반 병동으로 전실하셨어요. 거기로 가시면 됩니다."

"거기서는 움직일 수 있는 거죠? 뭐 필요해요?"

"일반 병동 간호사가 설명해주실 거예요. 거기 가서 설명 들으시면 됩니다."

보호자에게 차분히 설명할 시간이 없다. 말이 15분이지 10분도 안 돼 수술 환자가 나올 수도 있다. 전화를 끊고 다시 수화기를 들었다.

"선생님, 여기 외과계 중환자실입니다. 방금 ○○○님 전실 출발했어요. 보호자 아직 도착 안 하셔서 그쪽 병동으로 가라고 전화드렸습니다."

중환자실 환자를 일반 병동으로 보내고 나면 언제 사람이 있었냐는 듯이 그 자리를 빠르게 정리하고 다음 환자 받을 준비를 시작한다.

'자가호흡 살려서 나온다고 했으니까. 그래도 산소는 주겠지? 산소 줄 준비랑, 모니터 연결할 거 정리하고 그다음에 동의서 뭐 받아야 하지? 중환자실 입실동의서랑 신체 보호대

동의서 또 뭐 있지?'

환자가 왔다고 가정하고 그 전에 내가 챙겨놓을 수 있는 것을 쭉 그려본다. 수술 환자가 나오면 V/S(vital sign, 활력징후) 측정, 의식 사정, 피 묻은 옷 환복 등을 하고 수술 후 기본적인 처방을 시행해야 한다. 또 환자의 상태에 따라 쏟아지는 처방을 소화해내기 위해서는 지금 나에게 밀린 일들을 해결해두어야 한다. 온종일 종종걸음이다.

마침내 담당의와 마취과 의사가 중환자실 문을 열고 들어오며 외쳤다.

"수술실에서 환자 왔어요. 자리가 어디일까요?"
"3번 자리요!"

지정된 자리를 불러준 후, 간호사들은 하던 일을 멈추고 수술 환자를 정리하기 위해 모였다. 환자 위쪽에 있는 간호사는 수술 모자를 제거하고 침대 위에 모니터를 부착했다. 다리 쪽에 있는 간호사는 아직 의식이 온전히 깨어 있지 않은 환자를 위해 성인용 기저귀를 채우고 바지를 입혔다. 눈치껏 각자의 자리에서 할 수 있는 일들을 빨리 해치우기 위해 한참 몰입한 그 순간, 중환자실 입구에서 듣고도 믿기지 않는 목소리가 들렸다.

"인터벤션(intervention, 수술을 통하지 않고 막힌 혈관을 뚫거나 뚫린 혈관을 막아주는 영상의학 시술) 끝나고 △△△ 님 왔어요. 자리 어딘가요? 아, 그리고 5분 안에 수술 다시 들어가야 하니까 수술 동의서 뽑아주세요."

"수술이요?"

"네. 보호자 앞에 기다리고 있죠? 마취 동의서랑 비급여 동의서랑 다 뽑아주세요."

수술 환자를 전실 받은 지 1분도 되지 않았다. 또 다른 환자는 인터벤션 시술로는 잘 되지 않았는지 바로 수술 들어간다며 담당의가 환자를 중환자실로 급하게 데리고 올라왔다. 먼저 수술을 하고 나온 환자도 아직 정리하지 못했는데 인터벤션 시술을 하고 온 환자도 수술 보내야만 했다. 보통 이렇게 급하게 수술을 보내는 경우는 그만큼 위중한 경우였고, 수술하고 나온 환자도 혈압이 떨어지고 있으니 위급했다. 중증도의 우선순위가 같은 것이다. 일단 근무하고 있던 간호사들은 눈치껏 나뉘어 환자를 처치했다. 그 환자의 담당 간호사들은 의사의 처방을 받느라 정신이 없었고 도와주는 간호사들은 담당 간호사가 받은 처방을 시행하느라 바빴다.

수술하고 나온 환자는 혈압을 올리기 위한 승압제, 강심제 수액을 달고 있었는데 마취과에서 쓰던 용량이랑 우리가 평소에 쓰던 용량이 달라 수액을 바꿔 달아야 했다. 수술 들어 갈 환자는 수술하기 전 항생제를 주기 위해 항생제 반응 검사를 빠르게 시행해야만 했다. 항생제 반응 검사는 15분 뒤에 반응을 확인할 수 있어 가장 먼저 시행되어야 했다.

"수술 동의서 받았고 지금 수술방 다 준비돼서 수술 들어 갈게요."

"선생님, 처방 내신 것 중 수술하면서 사용할 약도 약국에서 아직 못 타왔고 항생제 반응 검사도 10분 정도 후에 확인 가능해요."

"약은 타서 바로 수술방으로 넣어주시면 되고, 항생제 피부 반응 검사 어디서 했죠? 이거는 수술방 안에서 확인하고 바로 항생제 줄게요. 항생제 준비해서 여기 수액이랑 같이 달아주세요. 자, 그럼 들어가도 되죠?"

"아, 선생님 잠깐만요! 근육주사 하나만 주고 갈게요."

보호자에게 수술 동의서를 받고 중환자실에 들어서자마

자 담당의는 바로 수술실 들어가겠다고 재촉했다. 나눠서 환자를 보던 간호사들이 뛰어와 누가 말하지 않아도 수술 보낼 준비를 척척 해낸다. 수술용 수액으로 나눠 달아야 하고 수술 시 마취 전에 타액이나 기관지액 분비를 줄이기 위한 약물을 투여한다. 그리고 환자는 빠르게 보호자와 잠시 면회한 후 수술실로 향했다.

담당 간호사는 수술이 시작되기 전 수술 동의서에 빠진 부분은 없는지, 수술 전 처방을 제대로 소화해냈는지 확인해야 한다. 나머지 간호사들은 수술하고 나온 환자를 다시 찾아가 나머지 정리를 하고 뒤돌아서자 시간은 훌쩍 지나 있다.

성격이 급해지는 것이 싫고 '빨리빨리'라는 말을 하고 싶지 않지만 우리는 가장 빠르게 움직여야만 환자의 골든 타임을 사수할 수 있다.

간호사에게 '사명감', '봉사심'이라는 단어를 사용하며 말하는 것이 때로는 듣기 거북하다. 세상에는 공짜가 없다. 간호사가 월급을 받지 않고 일할 수 있을까? 많은 학생들이 간호학과를 선호하는 이유는 '취업이 잘 되기 때문'이다. 그럼에도 이런 상황에서 긴장을 놓지 않고, 화장실 가고 싶다는 생리적 욕구도 참으며 일하는 것은 바로 그 사명감 때문일지 모르겠다.

 **머리부터 발끝까지**

"우와, 진짜 사람 대변 냄새가 난다! 응가도 너무 귀엽게
쿠키처럼 싼 거 아니야? 나 이거 사진 찍을래!"

"아니 무슨 똥을 찍어. 너도 참 별나다, 별나. 누가 도치 이
모 아니랄까 봐."

단짝 친구가 결혼 후 아이를 낳았다. 중학생 때부터 쭉 붙
어 다닌 터라 말이 친구지 가족 같은 사이였다. 미혼에 조카
도 없는 나에겐 이 친구의 아들이 조카와 다름없었다. 아기
가 태어나고 나서는 2~3일에 한 번은 친구 집에 가서 아기
와 시간을 보냈다. 그 며칠 사이에 얼마나 빨리 크던지. 우유

만 먹다가 이유식을 먹기 시작하자 아기의 대변은 성인 것과 비슷한 냄새를 풍겼고 꽤 꾸덕꾸덕해졌다. 그 변화가 너무 신기했던 나는 사진을 찍어 기념하고 싶었다.

며칠 후 나의 은밀한 사진첩에 대변 사진을 하나 더 추가하고 싶어졌다. 또 다른 아이의 것이었을까? 아니면 조금 더 성인의 것과 비슷해진 그 친구 아들의 것이었을까? 아니다. 장소는 중환자실. 피사체는 아이가 아닌 80대 할아버지의 대변. 매일 대변을 물처럼 무르게 봐서 원숭이 엉덩이처럼 빨갛게 헐어 있었던 분이다. 그런 할아버지의 대변이 형태를 갖춰서 나오기 시작했다. 그 말은 회복을 하고 있다는 것. 그게 얼마나 행복한 느낌인지 보통 사람들은 알까?

아기들은 하루가 다르게 성장한다. 젖 냄새 물씬 나던 응가가 어른처럼 냄새를 풍기고 모양을 갖춰가는 모습을 보면 "와, 이제 사람 다 됐네! 다 컸네, 다 컸어. 장하다"라는 말이 절로 나온다. 마찬가지로, 질병이나 컨디션 난조로 대변을 계속 물처럼 보던 환자가 점점 회복해서 정상적인 대변 형태를 갖출 때면 '와, 이제 정상이다! 다 했네, 다 했어!'라는 생각이 든다. 아기가 커가는 과정과 환자가 회복되어 가는 과정, 이 두 가지가 내 머릿속에 오버랩된다.

이런 일은 또 있었다. 아기 목욕을 도와줄 때였다. 샤워를 마친 아기를 받아서 수건으로 닦고 있었다. 빠르게 움직이는 아가 몸에 로션을 바르기 위해 나의 손은 바삐 움직이면서도 눈은 이마 앞부분의 멍든 곳에 머물렀다.

"아까 어디 부딪혔어? 이마에 멍들었네?"
"어디? 아, 멍들면 안 되는데 곧 돌 사진 찍어야 하는데 어디에 부딪혔지?"

나의 눈은 혹시나 더 다친 곳이 있을까 봐 몸 구석구석을 살폈다. 몸의 앞부분에 로션을 다 바르고 뒷부분을 바르려고 살펴보다 몽고반점이 눈에 들어왔다. 신생아 때 봤던 모습에서 색만 옅어져 있었다.

문득 내가 환자를 보는 것처럼 아이를 살피고 있구나 하는 생각이 들었다. 환자가 어딘가에 멍이 들면 멍든 부위가 커지는지 확인하기 위해 그 위에 볼펜으로 윤곽선을 그려놓고 크기를 매번 확인한다. 다른 데도 멍이 들었나 싶어 환자를 옆으로 돌리고 그 반대로도 돌려보며 확인한다. 중환자실에 오는 경우에는 항응고제 같은 고위험 약물을 사용해서 출혈이 잘 일어날 수 있고 질병에 의해 응고인자가 부족해 그런 경우가 생길 수도 있다. 그 하나하나가 치료에 영향을 줄 수 있고, 작은 상처 하나가 감염의 원인이 될 수 있기에 환자의 머리부터 발끝까지 보면서 드레싱을 시행하고 인계하고 기록하고 매일 비교해 나간다.

아기를 씻기고 로션을 바르면서 간호사로서 나의 일이 자꾸 겹쳐졌다. 아직 아이를 낳아서 길러보진 않았지만 엄마로서 아이를 보는 마음과 간호사로서 환자를 보는 마음이 꽤 비슷한 것 같다.

코로나가 퍼지기 전, 중환자실에는 하루에 두 번 30분씩 면회 시간이 있었다. 그 잠깐의 면회를 마치고 돌아서는 보호자들은 자신의 가장 가까운 사람 곁을 24시간 지키는 간호사에게 잘 부탁한다며 떨어지지 않는 발길을 돌린다. 당시에도 보호자가 없는 시간은 간호사가 환자의 보호자가 된다는 생각을 했다. 코로나로 하루에 두 번 있던 면회가 한 번으로 줄고 나중에는 면회 자체가 없어졌다. 보호자는 환자를 중환자실 입실 전과 후에만 볼 수 있었다. 그러니 중환자실 내에서는 간호사가 환자의 보호자이자 가족이 되는 것이다.

분유만 먹던 아이가 이유식 시기를 지나 스스로 입을 '아' 벌려 밥을 먹을 만큼 크기까지, 그리고 치료 때문에 한동안 밥을 먹지 못했던 환자가 첫 끼니를 받아들고 첫 수저를 뜨기까지의 시간은 나에게 비슷한 무게의 추억으로 쌓여간다.

코드블루, 코드블루

우리 모두를 단번에 집중시키는 단어가 있다. 한창 일을 하다가도 누군가 일시 정지 버튼을 누른 듯 병원 안에 있는 사람들이 일제히 행동을 멈춘다. 바로 코드블루 방송이 들릴 때다. 코드블루는 심정지 환자가 발생했을 때 의료진 출동을 명령하는 응급 코드다. 코드레드는 화재, 코드화이트는 전산 마비, 코드핑크는 유괴 상황을 의미한다. 이처럼 군대에서 쓰는 작전명이나 암호처럼 병원 안에서는 의료계 종사자들만 알아듣는 비밀 언어가 존재한다. 오늘도 어김없이 이 작전명이 병원을 가득 울린다.

"코드블루, 코드블루, 흡연 부스. 코드블루, 코드블루, 흡연 부스."

"흡연 부스? 선생님, 방금 흡연 부스라고 한 거 맞죠?"

"흡연 부스 맞아요. 담배 피우다가 또 심정지 왔나 보네."

"와~ 말도 안 돼. 선생님, 그럼 흡연 부스에는 누가 심폐소생술 하러 가요?"

"거기에서 가장 가까운 간호부에서 제세동기랑 다 끌고 가야 할걸? 아마 심장 시술하러 왔다가 저렇게 됐겠지."

중환자실 간호사 4년 차였을 때다. 많은 코드블루 방송을 들었지만 가장 어이없는 의외의 장소가 흡연 부스였다. 중환자실 환자들은 입실 후 몸에 많은 기계를 부착하게 되는데 그 기계들이 대개 무겁고 벽 콘센트를 이용하거나 산소 등을 공급받아야 하기에 침대 밑으로는 절대 내려갈 수 없다. 물론 환자들 중에도 병원 지정 구역에서 흡연하는 이들이 있다. 하지만 나는 중환자실이라는 폐쇄된 공간에서 일하다 보니 환자가 담배를 피우는 상황이 너무 낯설었다.

"아니, 3차 병원까지 올 정도면 몸이 많이 망가진 건데 그 와중에도 담배를 피우고 싶을까요?"

"못 끊는 사람은 절대 못 끊는다잖아. 담배를 피우다가 안 피우는 사람은 그냥 참는 것일 뿐이래, 끊은 게 아니라. 그리고 심장에 스텐트 넣는 시술하러 오는 사람들은 일상생활이 조금 불편해질 뿐 눈에 보이는 변화가 없으니까 자신이 얼마나 위험한 상태인지를 모르는 것 같아. 그러니 굳이 담배를 피우러 나가지 않았을까?"

"그렇네요. 흡연하면 혈관 더 쪼그라들어서 진짜 좁아진 혈관은 '탁' 하고 막힐 텐데……."

그리고 며칠 후 생각지 못한 공간에서 또 코드블루 방송이 띄워졌다.

"코드블루, 코드블루, 심혈관 조영실. 코드블루, 코드블루, 심혈관 조영실."

환자의 가래를 뽑다가 병원 내에 울려 퍼지는 코드블루 방송에 순간 손을 멈추었다. 불과 몇 분 전, 내가 보던 환자가 심장 혈관에 스텐트 넣는 시술을 받기 위해 심혈관 조영실로 갔다는 사실이 화살처럼 뇌리에 꽂혔다. 나는 초조한 마음으로 선배 간호사에게 물었다.

"선생님, 저 방송 제 환자인 것 같은데, 심혈관 조영실에는 심폐소생술 누가 가요?"

"아마 의사들이 다 있고 약물도 다 있어서 걱정 안 해도 될 거야."

답을 듣고도 불안했다. '시술하다가 심정지가 왔나? 누가 심폐소생술을 할까? 그 주변에 무슨 과가 있지? 아니, 내가 담당 간호사인데 아무것도 모른 채 기다려야 하다니…….' 학교 간 아이한테 무슨 일이 생긴 것 같은 느낌이랄까. 무슨 일이 분명 생겼는데 나는 확인할 방법이 없었다. 그저 연락을 기다리는 것 말고는. 전화기가 울리기만 하면 내 환자 이야기일까 봐 후다닥 달려갔다. 전화 받은 간호사에게 텔레파시라도 보내듯 눈을 뚫어지게 쳐다봤다. '제발, 제발, 제발'을 속으로 외치며.

"선생님, ○○○ 님 심폐소생술 후 바로 회복돼서 시술 마치고 올라온다고 전화 왔어요."

환자가 출발했다는데 왜 이렇게 시간이 길게만 느껴질까. 동동거리는 발걸음은 나의 초조함을 감추지 못했다. 다행히 환자의 생명뿐만 아니라 의식도 회복된 채로 중환자실에 입실했다. 심폐소생술을 해서 살아난다고 하더라도 뇌가 손상을 입어 의식이 돌아오지 않는 경우도 있다. 그렇기에 나에게는 생명뿐 아니라 의식도 중요했다. 환자의 얼굴을 보고 대화가 되는지를 내 두 눈으로 확인하고 나서야 안도의 한숨을 쉴 수 있었다.

일터에서 온 힘을 쏟아낸 채로 퇴근길에 들어선 발걸음은 누군가 다리에 모래주머니를 채워둔 듯 무겁기만 하다. 일하는 동안 있었던 일들이 머리를 두둥실 떠다닌다. 나의 실수가 떠오르기도 하고 이해되지 않는 나의 마음이 떠오르기도 한다. 나와 환자는 가족도 아니고 정이 들 만큼 오랜 시간을 본 것도 아니다. 어째서 내 두 눈에 보이지 않으면 아이를 잃어버린 듯 불안해지는 건지.

오늘도 나를 이해하고자 많은 물음표를 던지며 집으로 돌아간다. 이런 게 간호사로서 느끼는 책임감일까? 아니면 중환자실에서 환자의 보호자는 정말 나라고 생각하는 걸까?

'6시 8분.'

아주 푹 잔 느낌. 오랜만이었다. 그런데 자면서도 뭔가 자꾸 찜찜하고 싸늘한 느낌에 손을 뻗어 휴대폰을 집어들었다. 시간을 확인하자마자 나는 소스라치게 놀라 소파에서 용수철처럼 튀어 올랐다. 보통 누워 있다가 일어설 때는 앉았다가 다리를 구부려 일어서는데 지금은 그 과정 없이 일직선으로 일어났다. 동공이 흔들리고 안절부절할 수 없었다. 4일 연달아 데이 근무를 한 날이었다. 아무리 늦어도 6시까지는 부서에 도착해야 했다. 그런 시간에 눈을 떴으니……. 아무리 빨리 준비해서 나가도 6시 20분은 족히 넘어 도착할 것 같았다. 부서에 빨리 알려야 했다. 전화를 하려다 다시 휴대폰의 시계를 보니 비로소 '오후'라는 두 글자가 보인다. 그렇다. 데이 근무가 끝나고 너무 피곤해 소파에서 잠들었다가 고작 두 시간을 잤을 뿐이다. 겨울에는 해가 늦게 뜨고 빨리 지는 탓에 바깥이 어둑어둑해 아침인지 밤인지 구분할 수가 없었다. 이런 일을 몇 번 겪고 나서는 꼭 숫자 앞의 글자를 확인하게 되었다.

"이제 ○○ 선생님은 퇴근이고, 라윤 선생님은 출근한 거고만?"

"엇, 어떻게 아셨어요? 병원 입원 며칠 만에 벌써 다 꿰뚫어 보신 건가요?"

"당연하지. 근무 바뀔 때가 아침 6~7시, 낮 2~3시, 밤 10~11시잖아?"

"오~ 맞아요! 대단하신데요?"

출근해서 환자의 상태를 확인하고 인계를 받으려고 환자 앞에 서 있을 때면 이렇게 얘기하는 환자들이 있다. 다른 병원은 중환자실에 TV도 있다던데 우리 병원은 TV는 물론이거니와 휴대폰도 사용할 수 없는 곳이라 꽤 답답하고 심심하다. 24시간 불이 켜져 있고 알람이 계속 울리는 이 공간에서 유일하게 시간을 알려주는 건 벽시계다. 그 시간 동안 간호사들이 일하는 모습을 관찰하고 얼굴을 기억해주니 감사할 뿐이다. 우리를 관찰하는 눈길이 나에게는 위로의 눈길로 여겨진달까? '어떻게 일하는지 알고 있어'라고 말하는 듯하다. 우리를 기계 부속품이 아니라 사람으로 봐주는 관심 같은 게 느껴진다.

집으로 돌아가는 길엔 한 치 앞도 보이지 않을 듯 깜깜한 하늘에 반짝거리는 별이 드문드문 수놓여 있었다. 여유를 가지고 주의 깊게 들여다보아야만 볼 수 있는 별들. 나의 퇴근길은 깜깜했다가 짙은 주황빛을 보여줬다가 점점 옅어져 노란색을 띠고 그 위에는 하늘색이 선명해지며 밝아졌다. 병원과 집이 엎어지면 코 닿을 정도로 가까운 거리인데도 이 찰나의 순간에 하늘은 많은 색을 그려내는 도화지였다. 어쩌다 한 번씩은 보랏빛으로 반기기도 했고 짙은 그레이 색을 품기도 했다. 내가 집에 도착할 때쯤이면 남들은 출근을 위한 알람 소리에 잠을 깰 것이다. 하지만 나의 눈꺼풀은 힘을 잃고 이내 닫혀버린다.

보통 우리는 외국 여행을 갈 때나 '시차'라는 단어를 사용한다. 時(때 시) 差(다를 차). 때가 다르다는 말이다. 나는 때가 다르게 살아온 지 10년 가까이 되었다. 나의 20대를 그렇게 살아온 것이다. 이 긴 시간 동안 일주일에도 몇 번 해외를 왔다 갔다 하는 듯 시차 적응을 하느라 꽤 애를 먹어야만 했다. 눈을 뜨면 깜깜한 밤이었지만 나에겐 일을 시작해야 하는 시간이었고, 밖은 눈부신 해가 내리쬐는 한낮이어도 쓰러지듯 잠이 들었다. 한국 사람은 한국 표준시를 산다고 하면, 나는 미국의 시간을 살거나 프랑스의 시간을 살거나 아프리카의 시간을 살기도 했다. 모든 사람에게 똑같이 주어지는 24시간이 어떤 날에는 바뀌는 근무 탓에 무조건 잠을 청해야 하므로 6시간짜리가 되기도 했고, 어떤 날은 잠들지 못해 36시간이 되기도 했다.

인체에는 24시간 주기의 리듬을 따르는 내부 시계가 있다고 한다. 강아지가 바깥 냄새만 맡고도 시간을 알듯이. 고양이가 집사의 퇴근 시간을 알고 문 앞에서 기다리듯이. 우리 몸에도 시계가 있다. 해가 뜨면 아침이고 해가 지면 저녁이다. 이 시계의 흐름이 깨지면 몸의 내부에서 교란이 발생한다. 수면 장애가 생기고 제때 식사를 못한 탓에 소화기계 등에 장애가 생긴다. 잠을 자더라도 내 몸 안의 내부 시계는 잠자는 시간이 아닌 것이다. 몸은 자고 있어도 정신은 깨어 있는 삶을 살아간다. 이런 시간이 누적되어 몸에 피곤이 쌓인다. 그 무섭다는 만년 피로보다 더한 피로를 안고 살아간다.

난 이 시차 적응을 어떻게 버텨냈을까? 처음에는 그저 정신력으로 버텨냈다. 그리고 나중에는 나의 한계치를 시험해가며 버텨냈다. 같은 3교대여도 간호사와 다른 직종의 근무는 좀 다르다. 다른 직종은 나름의 루틴을 갖고 교대하지만 간호사의 3교대에는 루틴이 없다. 예상할 수 없기에 매번 내가 버틸 수 있는 체력이 어디까지인가 한계치를 시험하곤 한다.

세상에 나와 시차가 같은 사람은 없다. 나이트 근무가 끝나고 나면 아침이지만 남들과 시간을 맞추기 위해 잠을 자지 않고도 버틸 수 있을 만큼 버텨본다. 언젠가는 친구들과 시간을 보내다가 카페에서 대화를 하며 졸았던 적도 있다. 결국 이야기하는 친구들 옆에 엎드려 쿨쿨 자고 말았다. 하지만 나에겐 친구들과 만나는 이 시간이 너무나 소중하다. 일단은 자고 나중에 만나면 되지 않느냐고 생각할 수도 있고 여유 있는 다른 시간에 놀러 갈 수 있지 않느냐고 물을 수도 있다. 하지만 간호사들도 대부분 주말에 쉬고 싶어 한다. 가족 또는 사랑하는 사람들과 시간을 보내고 싶기 때문이다. 또 간호사의 쉬는 날도 남들과 똑같은데 나이트 근무를 하고 아침에 퇴근해서 자고 일어나면 다시 밤이다. 분명 똑같이 8일을 쉬는데 나이트 근무가 끝나고 쉬는 날은 거의 자는 날이라 4일밖에 쉬지 못하고 산다. 그렇기에 나는 정신력으로 추억의 시간을 산다.

부작용은 남들과 다른 시차를 살아가는 동안 내 몸속 호르몬 주기가 깨진다는 것이다. 약을 먹을 정도는 아니지만 갑상선 수치도 정상 범위에서 조금씩 벗어났다. 나이가 들어서인지 몸 안의 시계가 달라서인지 일하기 전보다 몸무게가 15킬로그램이나 늘었다. 다이어트를 해서 줄이면 다시 늘어나기를 반복했다.

"선생님, 진짜 이브닝 근무 끝나면 너무 배고프지 않아요? 아니, 저녁을 먹었는데도 왜 근무 끝나면 배가 고플까요?"

"그거 선생님만 그러는 거 아니에요."

"선생님도 야식 드세요? 제가 요즘 부쩍 살이 쪄서 일부러 야식을 끊어봤는데 왜 살은 조금도 안 빠지죠? 그리고 야식을 안 먹고 자면 눈은 왜 아침 7시에 떠져요? 결국엔 먹고 다시 잔다니까요."

"아, 안 그래도 선생님, 저도 그거 운동할 때 트레이너한테 말했더니 트레이너가 그냥 밥 먹으라고 하던데요? 바로 자는 거 아니면 괜찮다고. 그때 뭔가를 먹으면 야식 같지만 실은 우리에게는 그 시간이 저녁이 맞는다고 하더라고요."

"하긴 11시 반쯤에 먹고 새벽 3시쯤 자니까 그렇네요."

배가 고파 야식을 먹었고 소화는 시키고 자고 싶었다. 남들은 다 잠이 든 그 시간, 무엇을 하며 시간을 이겨내야 했을까? 처음엔 많이 외로웠다. 고요한 그 시간이. 간호사가 되기 전에는 학교 끝나거나 아르바이트가 끝나 집에 돌아오면 하루 있었던 일들을 가족들과 이야기하곤 했다. 그런데 이 직업을 갖고 나서는 다들 잠들고 불도 다 꺼진 세상에 나 혼자만 남아 있는 것 같았다. 전화기를 붙들기에도 너무 늦은 그 시간. 나는 그 시간을 모아 기록하는 작업을 시작했다. 노트북을 펼치고 누군가와 대화하고 싶었던 것들을 나 자신과 이야기하기 시작했다. 지금 생각해보면 그게 나의 시차 사용법이었다.

'시차'라는 단어에 또 다른 한자가 있다. 視(볼 시) 差(다를 차). 하나의 물체를 서로 다른 두 지점에서 보았을 때의 방향의 차이다. 어디서 보느냐에 따라 우리는 다르게 볼 수 있다. 이 말은 어떻게 보느냐에 따라서도 다르게 해석할 수 있다는 것이다. 나의 '時差'에 '視差' 적용을 하게 된 계기다.

매일 전쟁을 합니다

피범벅이었다. 베개가 흠뻑 젖어 있었다. 이게 어찌 된 일인가? 어디서 이렇게 피가 나오는 건가 싶어 환자의 단발머리 속을 파헤쳤다. 다행히 쇄골 아래의 중심정맥관은 유지가 잘 되고 있었다. '여기가 아니면 어디지?' 생각하며 다급했던 내 손이 환자의 얼굴을 보는 순간 멈칫했고 이내 벙찌고 말았다. 환자가 수액 줄을 빨대처럼 쪽쪽 빨고 있었다.

"아니, 이게 무슨 일이야! 아니, 환자분! 뭐 하는 거예요?"
"아, 왜? 내가 아까부터 목마르다고 했잖아!"
"그렇다고 이걸 먹으면 어떻게 해요!"

"목이 마른 걸 어떡해, 그럼! 뭐든 먹어야지!"

물 포함 금식이었던 환자는 아침부터 목이 마르다고 쉬지
않고 고래고래 소리를 질렀다. 그럴 때마다 금식이라고 여러
차례 설명했고 반쯤은 흘려들었다. 잠시 조용하다 했더니 환
자가 수액 줄을 자기 이로 끊어서 빨아 먹었던 것이다. 그러
니 끊긴 수액 줄 반대쪽에서는 환자의 몸에서 새어 나온 피
가 흐르고 있었다. 환자는 자신의 상태를 잘 받아들이지 못
했고 치료에 협조적이지 않았다. 그 때문에 팔에 신체 보호
대가 되어 있었는데 이런 일을 해냈다는 게 믿기 어려웠고
그런 발상을 한 것도 놀라웠다. 게다가 환자는 더 어이없는
말을 내뱉었다.

"아니 근데! 왜 빼는 대로 안 나와?"

수액 속도를 맞춰놓아서 빼는 대로 들어가지 않은 걸 다행
이라고 여겨야 할까? 담당의에게 보고하자 그도 놀라며 수
액을 다시 처방해주겠다고 했다. 한숨을 쉬며 수액을 교환하
고 환자가 움직여도 닿지 않게 수액 줄을 짧게 해서 달았다.
그리고 얼마 지나지 않아 데자뷔 같은 상황을 또 마주했다.
그 환자의 머리맡에 물이 흥건했다. 다급해진 나는 또 환자
의 머리카락을 헤집었다. 수액 줄은 멀쩡했다. 이번엔 중심

정맥관이 머리 쪽에 빠져나와 있었다. 분명 두 손은 묶여 있었다. 근데 심장 가까이에 들어가 있는 이 중심정맥관이 어떻게 빠져 있는 걸까?

"환자분! 이거 뭐예요??? 아니, 이거 어떻게 뺐어요?"
"어떻게 빼긴. 이빨로 뺐지."
"아니, 도대체 이걸 어떻게 뺐냐고요!"
"고개 옆으로 돌리니까 닿던데? 그래서 이빨로 뺐어."
"하, 진짜 저한테 왜 그래요. 왜!"

환자는 나를 약 올리려는 듯, 자랑스럽다는 듯 말했다. 당시 나는 4~5년 차였다. 그동안 신기한 사람을 많이 봤다고 생각했는데, 그건 나의 자만이었다. 지금까지 이렇게 중심정맥관을 제거한 사람을 본 적이 없거니와 이런 시도를 한다는 걸 들어본 적도 없었다. 담당의에게 보고하자 어떻게 그럴 수 있느냐면서 내 말을 믿지 못하는 눈치였다. 다행히 환자는 급성기 치료가 다 끝나서 마침 중심정맥관을 빼도 되는 상황이었다. 삽입 부위를 소독하고 정리하는 것으로 마무리되었지만 내 두 눈으로 장면을 목격하고도 믿지 못할 경험이었다.

새로운 환자가 입원했다. 다 같이 환자를 침대로 옮기고 환자복으로 갈아입힌 후 침대맡에 있는 모니터를 환자 몸에 부착했다. 그 근무의 막내 간호사는 밖에서 기다리는 보호자에게 중환자실 안내를 하기 위한 서류를 뽑으며 담당 간호사에게 추가적으로 설명할 사항이 있는지, 간호정보 조사를 하면서 꼭 알아와야 하는 것이 있는지 물어본다.

"선생님, 중환자실 안내랑 간호정보 조사하러 나가려고 하는데, 혹시 추가적으로 챙겨야 할 것이 있을까요?"
"응급실에서부터 신체 보호대 적용해서 설명 듣기는 하셨을 것 같은데 그래도 한 번 더 안내해주세요."

이 환자의 경우 응급실에서부터 소란을 벌여서 응급실에서 동의서를 받고 신체 보호대를 적용했다. 중환자실에도 입실하자마자 난동을 피웠다. 치료를 받고 있다고 설명해도 소용이 없었다. 낙상 위험성이 높고 치료 장치 제거 위험성이 있어 신체 보호대를 필수적으로 해야 하는 상황이었다.

"환자분이 치료에 협조가 안 되시고 벌떡벌떡 일어나려고 하셔서 낙상 위험성이 있어요. 자세한 설명은 응급실에서도 들으셨겠지만 자꾸 움직이시면 낙상 위험성이 높고, 저희가 환자 곁에 계속 붙어서 치료할 수 있으면 좋은데 다른 환자 처치하고 있을 때 위험한 일이 생길 수도 있어서 다른 환자도 보호하기 위해서 신체 보호대를 잠시 적용하고자 해요. 한 번 적용하고 계속 쭉 하는 것이 아니라 저희가 두 시간에 한 번씩 환자 의식 상태랑 피부 상태 등 확인하면서 괜찮으면 제거할 생각입니다."

보호자에게 한 번 더 설명하고 동의를 받은 후에 환자에게 신체 보호대가 적용되었다. 환자 힘이 얼마나 센지 사지에 신체 보호대가 다 되어 있는데도 환자가 움직일 때마다 고정된 침대가 출렁출렁할 정도로 흔들렸다. 침대 폴대에 달린 수액도 달랑달랑 흔들거렸다. 안 되겠다 싶었는지 환자는 자기 손에 감긴 신체 보호대를 탐색하기 시작했다. 눈치를 보고 풀어서 도망가겠다는 듯이 눈은 도망갈 타이밍을 살피면서 손은 신체 보호대를 풀려고 이리저리 만졌다. 할 일이 많이 밀려 있던 나는 환자를 한번 쓱 쳐다보고는 신체 보호대를 제대로 묶어놨는지 확인했다.

"환자분, 제가 안 보고 있는 것 같아도 눈이 옆에도 달려 있고 뒤통수에도 달려 있어서 다 보여요. 다 보고 있어요."

환자는 잠시 멈칫하더니 침대가 또 출렁출렁할 정도로 몸부림을 쳤다. 이 일을 하면서 얻은 기술이 있다. 신체 보호대가 풀리지 않게 잘 묶는 기술이다. 절대 매듭이 환자 손에 가깝지 않게 묶을 것. 절대 리본 형태로 묶지 말 것. 환자의 팔을 끈으로 한번 감아서 묶은 후 기둥에 고정할 것. 그리고 생명 유지 장치를 하고 있는 경우에는 절대로 손이 가까이 가지 않게 침대에 꽉 묶을 것.

"선생님! 환자 손 하나 풀었어요!"

'선생님'이라고 소리치듯이 부르는 소리가 들리자마자 나의 손과 머리는 조건반사로 반응했다. 내 옆의 간호사는 나보다 반사반응이 더 빨라 벌써 환자의 손을 잡고 있었다.

"아이고, 힘이 얼마나 세면 신체 보호대 또 끊어 먹었네요. 벌써 세 개째예요. 이 사람은 진짜 신체 보호대 청구해야 할 것 같아요. 이 정도면."

다들 한숨을 쉬며 또 한 번 꽁꽁 묶었지만 솔직히 환자 힘이 세서 끊어먹는 것은 간호사가 자주 보는 방법밖에 없었다. 문제를 일으킨 환자는 한 명이었지만 여러 명을 보는 듯했다.

"○○○ 님, 저 다 보고 있어요! 뒤통수에도 눈 달려 있다고 했죠? 다 보여요!"

다른 환자를 보면서도 나는 계속 외쳤다. 이렇게 나의 전술이 또 하나 늘어갔다.

귀신 곡할 노릇인 경험은 또 있다. 한참 일하던 중 바람이 새는 소리가 나면서 인공호흡기가 알림등과 함께 엄청난 소리로 위험을 알려댔다. 심상치 않은 소리에 하던 일을 멈추고 뛰어갔다. 분명 기관 내 삽관도 입에 잘 되어 있고 인공호흡기도 연결이 잘 되어 있었다. 회로 또한 문제가 없었다. 그래도 인공호흡기가 울린다면 뭔가 이유가 있는 것이기에 나의 눈과 손은 바쁘게 움직였다. 이유를 찾지 못하고 계속 허둥대는 나를 보던 선배 간호사가 환자의 기관 내 삽관 위치가 제대로 맞는지 확인해보라고 했다.

"그 환자 아까 보니까 혀 엄청 잘 움직이던데. 혀로 관 뺀 거 아니야? 일단 담당의에게 보고해!"

선배 간호사의 말을 듣고 환자의 입을 자세히 보자 관이 살짝 나와 있었다. 담당의에게 전화로 보고하자 말도 안 된다는 듯이 화를 냈다.

"선생님, ○○ 님 기도 내 튜브 빠진 것 같아요."

"아니, 왜요? 신체 보호대 제대로 안 해됐어요?"

"아니요. 신체 보호대 잘 해뒀는데 지금도 잘 묶여 있어요. 아마 혀로 빼신 것 같아요!"

"아니, 선생님. 말이 되는 소리를 해요. 혀로 어떻게 빼요?

나 참 어이가 없네. 아무튼 갈게요!"

환자는 아직 인공호흡기를 떼는 연습이 덜 된 탓에 숨을 빠르게 쉬어대며 숨이 껙껙 넘어갈 듯했다. 얼굴이 시뻘게지고 시간을 지체할 수 없었다. 담당의가 오기 전 최악의 상황까지 생각하며 준비를 했다. 그러면서도 속으로는 억울했다. 신체 보호대도 잘 되어 있고 인공호흡기 회로도 손에 닿지 않게 잘 점검해뒀고 내가 할 수 있는 예방을 다 했는데도 일어난 사고에 나보고 어떻게 하라는 말인지. 담당의는 오자마자 환자의 상태를 확인하고 다시 기관 내 삽관을 시행했다. 그도 눈으로 상황을 확인하더니 내 말을 믿었다.

이렇게 매번 상상 이상인 환자와의 전쟁을 통해 익힌 전술들로 온몸을 무장하지만 새로운 환자들의 기상천외한 전술에 속수무책 당하는 날도 많다. 맞아서 멍이 들기도 하고, 물려서 손을 꿰매기도 한다. 보통 이렇게 속수무책으로 행동하는 경우에는 의식이 온전하지 않은 경우가 많고 다른 환자에게도 해를 끼칠 확률이 높다. 그 사람이 충동적인 행동을 하는 것을 중재하기 위해 간호사들이 모이게 되면 다른 환자에게 가야 할 시선이 가지 못하는 것도 해를 끼치는 것이니까. 본인에게 피해가 감은 말할 나위도 없다. 한번은 가위나 커터 칼로 중환자실을 나가겠다고 위협하는 경우도 있었다. 이렇게 중환자실은 총만 안 들었지, 총성 없는 전쟁터와 다름없다. 사람을 살리기 위해, 또 사람을 지키기 위해.

2장

그렇게 간호사가 되어가다

꿈에도 생각하지 않았던 '간호사'가 되다

"딸, 이 말 싫어하는 줄 아는데 그래도 간호학과 잘 생각해봐."

"하…… 엄마, 간호사 3D 직업인 거 알면서도 딸이 고생했으면 좋겠어? 그만 말해."

수능시험 보러 가는 나를 향해 엄마는 꼭 간호학과를 고려해보면 좋겠다고 말했다. 이미 여러 차례 말을 꺼내셨지만 그때마다 나는 펄쩍 뛰며 간호학과에 원서 쓸 일은 절대 없을 거라고 단호하게 거절했다. 그랬던 내가 왜 간호학과에 들어가게 되었을까?

수능이 끝나도 등교는 계속되었다. 남은 수시 2차와 정시로 정신이 없었다. 학생 시절의 최종 목적지인 수능이 끝나면 해방될 거라고 생각했다. 완벽한 자유가 있으리라 기대했다. 영화나 드라마의 'The End'처럼. 하지만 수능이 끝나도 삶은 계속되었다. 해방의 기쁨보다 허탈감이 컸고 원서 접수 때문에 마음이 분주했다. 학교가 끝나고 놀러 다니면서도 신나지 않았다. 뭔가 초조했다. 이 감정이 맞는 건가 싶을 정도로 혼란스러웠다. 좋으면서도 좋지 않았달까.

절대 갈 일이 없다고 확신했던 간호학과에 가게 된 건 우연이었다. 아니, 우연인 줄 알았는데 운명이었다. 그 당시 내 짝꿍의 꿈이 간호사였다. 무조건 간호학과를 가고 싶어 했고 그 아이 책상 위에는 간호학과 지원서가 쌓여 있었다. 평소 남의 일에 크게 관심 없던 내가 왜 갑자기 짝꿍의 책상이 궁금했는지 모른다. 거기에 간호학과 지원서가 두 장씩 있는 걸 발견했다. 그때는 지원서를 제출할 때 5만 원이 들었고 여섯 곳까지만 지원할 수 있었다. 이상하게 생각한 나는 짝꿍에게 물었다.

"어, 왜 두 장씩 있어?"
"저기 교무실 앞에 지원서 있길래 가져왔어. 혹시 틀릴 수도 있으니까 두 장씩 가져왔지. 간호학과는 여섯 곳 넘어도 지원 가능하다던데?"

"아, 그럼 남은 거, 나 이거 써도 돼?"

"응응. 여유 있으니까 써도 돼."

　이 찰나의 선택이 나의 인생을 바꿨다. 왜 갑자기 나는 간호학과에 쓰고 싶었을까? 지금 와서 다시 생각해보니 안정적으로 붙을 곳을 찾았는지도 모른다. 그렇게 나는 알아보지도 않았던 간호학과를 짝꿍 덕에 덜컥 지원하게 되었다. 1차 합격이 되고 나서도 붙을 거라고 크게 기대하진 않았다. 준비를 하지 않았던 탓에 간호학과에서 면접과 시험을 어떻게 보는지 몰랐기 때문이다. 그런 나에게 짝꿍은 같이 면접을 보러 가면서 어떤 유형이 나오는지와 면접 팁들을 알려줬다. 결국 나는 최종 합격까지 갔다. 지원했던 나머지 과는 합격하지 못했다. 나에게 신의 한 수는 그 짝꿍이었고, 뜻밖의 우연은 그렇게 운명이 되었다.

"선생님은 간호사가 원래 꿈이었나요?"

　신규 간호사나 간호학과 학생들이 항상 하는 질문이다. 그리고 내가 신규 간호사 시절에도 가장 많이 들었던 질문이다. 왜 이런 질문을 했을까? 간호학과는 취업이 잘 된다는 이유로 오는 경우가 많았기 때문이다. 하지만 최소한의 사명감 없이 그저 돈벌이 수단으로만 생각하면 간호사로 버티기가 너무 어렵다. 내가 아파도 출근해야 하고, 갑자기 근무가 변동될 수 있다는 불안에 시달려야 하며, 매번 달라지는 근무에 건강은 무너져 가고, 사랑하는 사람들과 보낼 수 있는 시간 등 포기해야 할 것들이 만만치 않기 때문이다. 그래서 중간에 그만두는 사람들이 너무 많다. 또 해가 갈수록 우리의 에너지는 고갈된다. 이제 와서 생각해보니 저 질문은 아마 이 친구가 얼마나 오래 버틸 수 있는지 그 '의지'를 엿보려는 것이었다.

언젠가 나이트 근무 전, 열이 38도까지 났는데 해열제를 먹고도 떨어지지 않은 적이 있었다. 결국 응급실에서 해열제를 맞고 출근을 강행했다. 또 코로나 병동에서 일하는 나 때문에 폐가 약한 가족들이 코로나를 옮을까 봐 집으로 가는 발걸음을 뚝 끊기도 했다. 코로나 병동에서 환자가 격리시설을 뛰쳐나가려는 것을 막다가 다쳤을 때는 너무나 서러웠다. 뭘 위해 이렇게까지 일해야 하나 싶을 때가 많았다. 그럼에도 나는 오늘도 나의 일을 위해 이 자리에 서 있다.

꿈이었든 꿈이 아니었든 그건 중요하지 않다. 긴 시간을 살아온 것은 아니지만 지금까지 나의 인생은 간호사가 되기 전과 후로 나뉘기 때문이다. 간호사들은 스물네 살이라는 어린 나이에 '신규 간호사'가 된다. 병원이라는 공간에서 일하며 사람들이 극도로 무너지는 모습을 보게 되고 각자의 사연들을 마음의 서랍장 속에 넣곤 한다. 그리고 자연스럽게 떠올린다.

'삶은 무엇일까?'
'인간은 무엇일까?'
'나는 어떻게 죽고 싶지?'
'나는 어떻게 살면 좋을까?'

이런 질문을 품은 채 나는 매일 간호사가 되어간다.

그것도 참 복이다

신규 간호사 시절, 쉬는 날이 연속되면 꼭 부모님 집에 갔다. 타지 생활이라 친구가 없었고 동기들도 다 3교대를 하는 탓에 서로 시간이 맞지 않았다. 외톨이로 있는 게 싫어 일을 마치자마자 본가로 갔다. 다들 일하러 나가 텅 빈 집에 가방을 내려놓고 친구들을 만나러 나갈 때가 많았다. 저녁 시간이 되어서야 집으로 들어가 시계를 쳐다보며 가족들을 기다렸다. 동생이 돌아오고 엄마가 집에 들어서면 나는 봇물 터지듯 이야기를 시작했다. '일할 때 이런 일이 있었다, 저런 일이 있었다' 등등 시시콜콜 가족들에게 털어놓았다.

"엄마, 격리방에 어떤 할아버지가 있다? 근데 할아버지가 나 엄청 좋아해줘! 할아버지가 중앙시장에서 일하신다면서 자기 퇴원하면 꼭 중앙시장에 들르라고 그랬어! 나 중앙시장 어디인지도 모르는데!"

"그래? 우리 딸을 왜 좋아하실까? 감사하네."

"몰라. 내가 출근할 때 격리방 밖에서 손 크게 흔들면, 앉아 계시다가 엄청 웃어주신다! 할아버지 엄청 귀여워! 할 말 있으면 자꾸 손에다가 뭐 써."

"할아버지가 귀여워?"

"응! 할머니, 할아버지 얼마나 귀여운 줄 알아? 나이가 들면 다시 아기가 된다는 말이 맞나 봐."

"정말 할머니, 할아버지가 귀엽게 느껴져?"

"응! 다시 아기가 된 것 같아. 면도해주고 로션 발라주면 아이처럼 엄청 좋아하고, 할 수 있는데 못 한다고 어리광 피우기도 하시고. 나이가 들면 다시 순수해지는 것 같아. 아마 힘이 없어져서 누군가에게 다시 의지하기 때문일까?"

"할머니, 할아버지가 귀엽게 느껴진다니⋯⋯. 그래, 그것도 참 복이다."

"이런 말이 좀 그럴 수도 있는데!! 근데 엄마, 진짜 귀여워, 진심이야."

어쩌면 엄마의 말처럼 할머니, 할아버지를 귀엽게 느끼는 것이 정말 나에게 큰 복일 수도 있겠다. 그저 아프고 병든 노인이 아니라 애정이 가는 사람이라 그렇게 느껴질 테니까.

"이라윤 선생님이시죠?"

새로운 달이 시작되면 부서에 신규 간호사들이 인사를 하러 온다. 중환자실이 특수 파트이기에 멋있어 보이기도 하고 '젊을 때 고생은 사서 한다'는 말처럼 신규 간호사 시절에 일을 호되게 배우겠다는 마음가짐으로 중환자실에 지원하는 이들이다. 하지만 실제로 겪어보고 나서는 많이들 그만둔다. 3교대 근무 탓에 한 번도 마주치지 못하고 그만둬서 이름만 아는 경우도 많다. 간혹 일을 하는 도중에 진짜 도망가는 경우도 있다. 이런 이유로 신규 간호사들이 인사를 해도 나는 주의 깊게 보지 않았다. 그런데 이날은 불쑥 나의 이름을 직접 물어보는 간호사를 만나 당황스러웠다.

"네? 맞는데요."

"선생님, 저 선생님 학교 후배예요. 교수님께 이야기 많이 들었어요."

"아, 정말요? 언제 밥 한번 먹어요!"

이 부서에서 일을 시작한 지 5년이 되어서야 처음으로 대학 후배를 같은 병동에서 마주했다. 뭔가 모르게 부끄럽기도 하고 내가 해줄 수 있는 것은 없지만 잘 버텨냈으면 하는 마음이 들었다. 후배와 함께 근무를 하게 된 날 일을 마치고 카페에 갔다.

"선생님, 잠은 잘 주무세요?"

"잠? 나 어제도 밤 10시에 잤는데! 너무 졸려서……."

"평소에도 푹 주무세요?"

"음, 근무 형태가 갑자기 바뀌거나 그러면 하루 정도 제대로 못 잘 때도 있지. 근데 교대 일하기 전부터 나 머리만 대면 잤어."

"선생님, 그거 진짜 복이네요."

"어, 그런가? 우리 일찍 일어나는 근무는 한 달에 여섯 번 정도만 하잖아. 그러니까 나머지는 잠 안 오면 하고 싶은 거 하다가 잠 오면 그때 자기도 하고……."

"하긴 저희는 일찍 일어나야 하는 날이 다른 직장인들보다 적기는 해요."

"응. 일반 직장인들은 힘들 것 같아. 생각해보면 우리가 그 사람들보다 일찍 일어나더라도 한 시간 또는 한 시간 반 정도 빨리 일어나는데 이른 아침 근무는 연속해봐야 3, 4일밖에 안 되잖아. 근데 일반 직장인들은 평일 내내 그렇게 빨리 일어나야 하잖아. 힘들지 않을까?"

"음, 그럴 수도 있을 것 같아요."

"아마 우리가 잠은 더 푹 잘 거야."

사람마다 다르겠지만 나는 아침잠이 많은 편이다. 6시 이전에 울리는 알람은 한 번으로 족할 정도로 빨리 일어날 수 있지만 아침 6시부터 9시 사이에 일어나려면 알람을 몇 개씩 맞춰도 잘 듣지 못한다. 그래서 학창 시절에는 엄마 도움이 아니면 학교생활이 어려울 정도였다. 데이 근무를 할 때면 늦어도 새벽 5시에는 일어나야 했으니 어려움이 덜했고, 이브닝이나 나이트 근무 때는 원하는 만큼 잘 수 있어서 행복했다.

"넌 좋겠다. 잘 잊어버려서. 그것도 복 받은 거야, 진짜."

신규 간호사 시절에 동기가 나에게 자주 했던 말이다. 입사 첫해는 하루도 빠짐없이 혼나는 시기였다. 일하면서 잔뜩 받은 스트레스의 열을 뿜어내고 나면 나는 금세 배가 고파졌고 맛있는 것을 먹으며 열받았던 기억을 같이 먹어치워 소화

시켜 버렸다. 그래서 뒤돌아서면 '뭐 때문에 화가 났었나?'라는 생각이 들기도 했다. 동기 한 명은 간호사를 그만두며 이런 나를 부러워했다.

그때는 몰랐지만 지금은 안다. 모든 상황은 내가 어떻게 받아들이냐에 따라 문제가 되기도 하고 복이 되기도 한다는 것을. 모든 일에는 장단점이 같이 존재한다는 것을. 감사함의 반대말은 당연함이다. 감사인 복을 선택할 것이냐, 당연함을 선택할 것이냐 그 사이에서 우리는 지속적인 선택을 해나간다. 그중 나는 감사함을, 나에게 복을 선택했다.

나의 두려움과 동태의 눈

신규 간호사 시절 나는 죽음이 두려웠다. 그래서 불안했다. 살면서 죽음을 경험한 적이 딱 한 번밖에 없었다. 증조할머니가 돌아가셨을 때인데 그마저도 어렸을 때라 별다른 기억이 없다. 중환자실 근무를 시작하고 나서는 거의 매일 누군가의 '죽음'과 마주해야 했다. 단지 죽는 장면이 아니라 죽어가는 과정을 몇 시간에 걸쳐 지켜보았다. 보고 싶지 않아도 봐야만 했다. 숨을 헐떡헐떡 쉬다가 눈빛이 초점을 잃고 흐려진다. 그러고는 온몸의 힘을 다 쓴 듯 몸이 축축 늘어지고 이후 숨을 쉬는 것조차 힘들어 보인다. 소변이 나오지 않고 혈압도 잡히지 않는다. 사람마다 다르지만 정말 마지막이 얼마 남지 않은 시점에는 온몸의 구멍이 열리며 체액들이 흘러나오면서 냄새를 풍겨댄다. 숨을 거두고 나서도 엔딩 크레딧은 올라가지 않는다. 일이 계속된다. 돌아가신 분을 영안실로 옮겨야 한다. 나에게 이 경험은 실로 충격이었다. 꿈에서도 나를 괴롭힐 정도로. 그리고 이 죽음들에서 나의 죽음을 그려보았다.

'죽음을 두려워하지 않을 수 있을까?'
'어떻게 죽어야 만족하며 죽을 수 있을까?'
'어떻게 죽어야 마지막 모습이 아름다울 수 있을까?'

나를 또 두렵게 하는 것은 '나의 무지함'이었다. 모두 같은 사람은 없다. 그렇기에 환자도 모두 다르다. 같은 질병 코드만 부여받았을 뿐이다. 학생 때는 이 질병 하나만 공부하면 되었는데 현실은 질병 코드 여러 개가 짬뽕 된다. 이번에는 이 조합이었다가 다음번에는 다른 조합을 만들어낸다. 그래서 같은 질병 같지만 다 다르다. 치료에도 여러 상황에서 얻어낸 경험들이 있을 뿐 정답은 없다. 신규 간호사로서 경험이 부족했던 시절에는 나의 무지함이 너무나 무서웠다. 실수가 실수로 받아들여질 수 없는 곳이었기 때문이다.

책임감, 이 또한 너무 무거웠다. 신규 간호사가 되었던 스물네 살. 인생에서 책임이란 걸 별로 져보지 않은 나이였다. 그런데 중환자실 간호사가 되는 순간, 나는 환자를 책임지는 담당 간호사가 되었다. 보호자도 같이 있지 못하는 환경이니 내가 환자의 보호자였다. 한 사람의 인생이 나에게 걸려 있었다. 무지하다는 사실만으로도 불안한데 환자를 책임지기까지 해야 했다. 사냥감을 먹어치우듯 매일 모르는 것을 공부해도 나의 무지함은 채워지지 않았다. 그래서 그 시절 나는 더욱 불안했다.

어떤 환자를 볼 때는 알고 싶지 않은 사연들이 나를 괴롭히기도 했다. 자살을 시도하는 이유들, 묻지 마 살인, 원한으로 인한 살인, 살아계실 때는 한 번도 오지 않다가 죽기 직전에 와서 지장만 찍어가는 가족들, 산후 우울증으로 자신의 아이를 자기 손으로 죽인 부모 등 갖가지 사연들이 나의 마음을 너무 저리게 했다. 살면서 굳이 알고 싶지 않은 이야기들이었다. 모르고 싶었다. 삶의 어두운 면들을. 그러나 모르는 척하기엔 내가 너무나 그들 가까이 살고 있었다.

'나는 죽을 때 어떤 말을 할까?'
'살아온 날들에 대한 후회의 말을 할까?'

'난 어떤 표정을 짓고 있을까?'

'어떤 환경에서 죽음을 맞이하게 될까?'

죽음, 두려움, 불안 등 정리되지 않은 생각들은 결국 어느 순간 나를 잡아먹은 듯했다. 거울 속의 나는 영혼이 빠져나가기라도 한 듯 어깨는 축 늘어져 있고 핏기 없는 입술과 초점 잃은 동태눈을 하고 있었다.

'난 과연 살아 있는 걸까?'

'몸이 죽어야만 죽는 것일까?'

'어쩌면 난 살아 있어도 죽은 게 아닐까?'

〈위쳐(The Witcher)〉라는 넷플릭스 드라마에 이런 말이 나온다.

"두려움은 병이야. 두려움에 걸렸는데 치료하지 않으면 사로잡히고 말아."

죽음이 두려웠던 나는 살아 있지만 죽어 있는, 죽어가고 있는 나를 보게 되었다. 내가 아직은 모르는 미지의 세계. 두려움을 치료하지 않아 스스로의 동태눈을 마주하게 되었다.

몇 해가 지나서 〈나의 해방일지〉라는 드라마를 보며 알았다. 내가 '죽음'을 어떻게 받아들여야 하는지 몰랐다는 것을. 죽음을 대하는 방법을 몰라 그 주변을 빙빙 돌며 모르는 척도 해보고, 남몰래 집에 돌아와 울기도 하고, 꿈에서도 끙끙 헤맸다는 것을.

〈나의 해방일지〉 16화에서 주인공 염창희는 친구에게 영화 〈리턴 투 파라다이스(Return To Paradise)〉 이야기를 한다. 마약으로 감옥에 가게 된 친구의 형량을 줄여주기 위해 함께 감옥에 들어가지만, 친구는 죄목이 커서 결국 사형이 선고된다. 사형당하는 순간 달달 떠는 친구에게 주인공은 말한다.

"나 여기 있어. 내 눈 봐. 나 여기 있어."

이에 염창희는 자기 같아도 영화의 주인공처럼 친구가 죽는 순간의 10분을 함께하기 위해 3년 동안 썩는다고, 친구에게 담담하게 말한다. 그 이야기 뒤에 이어지는 염창희의 사연에서 암에 걸려 시한부 인생을 사는 혁수가 죽음을 맞이하는 장면이 나온다. 혁수는 누구보다 죽음을 무서워했다. 중요한 계약을 앞두고 잠시 들른 병원에서 염창희는 혼자서 죽어가는 혁수를 마주하게 된다. 혁수의 여자친구에게 전화를 해도 받지 않고 엄마에게 전화해도 받지 않았다. 아무도 혁수의 곁에 없었던 그 순간, 주인공은 중요한 계약을 포기한 채 그 곁을 지키게 된다. 그리고 죽음을 앞둔 혁수에게 말한다.

"형, 내가 같이 있어 줄게. 이거 나 팔자 같다. 우리 할아버지, 할머니, 엄마, 내가 다 보내드렸거든. 희한하지. 그런데 나는 내가 나은 것 같아. 보내드릴 때마다 여기 내가 있어 다행이다 싶었거든. 형, 내가 세 명 보내봐서 아는데 갈 때 엄청 편해진다. 얼굴들이 그래. 그러니까 형 겁먹지 말고 편하게 가. 가볍게. 나 여기 있어."

이제 조금은 안다. 나의 자리에서 죽음을 어떻게 마주해야 하는지. 죽음이 무서워서 외면할수록 한 사람의 마지막이 쓸쓸해질 수 있다는 것을 안다. 내가 여기 있음을. 일하다 잠시나마 환자의 손을 잡고 나의 온기를 나눈다.

나의 눈물을
기억한다

간호사가 되던 날부터 나의 눈물샘은 폭발했다. 우는 이유는 천차만별이었다. 혼나서 속상했고, 생각만큼 잘해내지 못하는 스스로에게 실망해서 속상했다. 매일 나의 무지함을 마주했다. 매일 스스로 못남을 증명하는 것 같았다. 그런데도 나는 누군가의 인생을 책임져야만 했다. 무거운 책임감에 비해 나의 능력은 너무 초라했다.

나는 멘탈이 꽤 강한 편이었고 자존감도 낮지 않았다. 하지만 중환자실에 들어와 일하는 순간부터 나의 자존감은 바닥으로 가라앉았다. 그러다 바닥을 뚫고 지하를 향해 갔다. 그 어둠 속엔 빛 하나 없었다. 많은 죽음을 목도하고 시체를 정리하며 '나는 왜 사는가?'라는 본질적인 질문을 시작했다.

'왜 나는 제대로 할 줄 아는 게 없을까?'

'대학 때 나는 뭘 공부한 걸까?'

'이 직업이 나랑 안 맞는 걸까? 그럼 나는 20대의 소중한 시간 동안 무엇을 한 걸까?'

'나는 환자를 볼 자격이 없는 것 같아.'

'난 할 줄 아는 게 없어서 환자를 보는 것이 무서워.'

이런 질문과 상황의 반복으로 사춘기를 다시 겪는 느낌이었다. 간혹 인신공격도 당했다. '너는 가정교육을 그렇게 배웠냐'라면서 부모님 욕을 듣기도 했다. 굉장히 혼란스러웠다. 내가 생각했던 간호사와 실제 사회생활이 너무 달랐다. '혼란'의 상황에 빠지면 그 이후 생각은 걷잡을 수 없었다. 우울해지고 앞이 보이지 않았다. 우울함은 무력감을 불러왔다. 밤마다 눈물이 차올랐다. 출근 시간만 되면 심장이 쿵쾅쿵쾅 뛰기 시작했고 계속되는 심계항진으로 머리가 아팠다. 몇 날 며칠을 두통에 시달리기도 했다. 이 두통은 아무리 약을 먹어도 괜찮아지지 않았다. 너무 졸려서 자려고 누워도 잠이 들지 못했다. 어떤 날은 아무런 일이 없어도 그저 눈물이 또

르르 흘러내리기도 했다.

전화로 매일 우는 나에게 엄마는 처음에는 "세상에 힘들지 않은 일이 어디 있어?"라고 말했지만 1년이 지나고 2년이 지나도 괜찮아지지 않자 "너무 힘들면 집으로 돌아와"라고 말했다. 실은 최근에 엄마와 이야기를 나누며 엄마의 기억과 나의 기억이 조금 다르다는 것을 알았다. 엄마는 내가 너무 힘들어해서 힘들면 지금까지 고생했으니 집으로 돌아오라고 했는데 그다음 날 다시 전화할 때면 내가 "나, 하루만 더 하고 갈 거야"라고 말했단다. 나는 엄마가 돌아가도 될 여지를 안 줬다고 생각했는데 말이다.

힘들 때마다 혼자서 되뇌었던 말이 있다. '밖에서 보지도 않을 사람 때문에 내가 죽을 일이 뭐 있어? 내 인생에 점도 되지 않을 사람 때문에 내 가족이 슬퍼할 이유가 뭐 있어?' 이때 내가 세웠던 철칙은 '절대 누군가 때문에 그만두지 않는다'였다. '내 인생에 점으로조차 만들지 않겠다'였다. 다른 누군가로 인해 내 인생의 방향을 흩트리고 싶지 않았다. 나는 이런 생각으로 버텼다. 아니, 저 상황을 이겨내고 싶었다. 나만은 나를 부정하고 싶지 않았다. 그래서 그 당시 힘들어도 계속 진행한다는 선택을 했다.

지금은 그 어려웠던 밤을 기억한다. 그 밤들을 이겨낸 나를 기억한다. 그때의 내가 안타까우면서도 도망가지 않고 나만의 답과 길을 찾기 위해 울었던 밤을 기억한다.

너무 애쓰지
않아도 돼

누군가 나에게 "만약 시간을 되돌릴 수 있다면 어느 때로 돌아가고 싶나요"라고 묻는다면 나는 절대 시간을 되돌리고 싶지 않다고 답할 것이다. 신규 간호사 시절부터 너무 많은 우여곡절을 지나왔다. 모든 것이 낯설기만 한 사회 초년생이지만 무엇보다 빨리 적응해야 했던 건 누군가의 죽음이었다. 환자를 위해 일했을 뿐인데 어쩔 땐 그 대가가 욕설이었고, 환자의 폭행으로 소송을 경험하기도 했다. 그 터널을 지나는 동안 정말 많이 울었다. 이렇게 힘들 때마다 엄마에게 매일 전화를 해서 울어대니 엄마가 스트레스를 받아 원형 탈모까지 생기고야 말았다.

인생에 대해서 제대로 알지도 못하는 나이에 다른 사람의 인생에서 가장 힘든 부분을 함께해야 한다는 것이 늘 어깨를 짓눌렀다. 사람은 극한 상황에 가면 가장 날것의 모습이 나온다. 생과 사의 경계인 공간에서 그런 상황을 자주 마주하게 되는데 사람들의 이기적인 마음을 볼 때가 참 힘들었다. 병원에 입원한 사람도, 입원한 사람의 보호자도, 같이 일하는 사람들도. 극한 상황에서 극한 장면들을 보다 보니 가슴이 답답해 어떻게 되어버릴 것만 같았다.

누군가의 인생을 책임진다는 것이 나에게 너무 어려웠다. 게다가 시간에 쫓기면서 일을 했다. 행여나 실수할까 봐 신경이 바짝 곤두서 있었다. 사소한 실수들은 해결할 수 있었지만 큰 실수들은 쉽게 해결하기 어려웠고 그 누구도 책임져주지 않는, 나 혼자만 이겨내야 하는 숙제였다. 그렇기에 예민하기 그지없었다. 누군가 나에게 기분 나쁘게 말하면 내 마음에 여유가 없으니 그냥 넘기지 못했다. 가시가 되어 마음에 박혀 계속 생각하기도 했고 '왜 그렇게 말하냐'며 다투기도 했다. 내가 오래 직장 생활을 할 거라고 생각했다면 그렇게까지 못 했을 것이다. 하지만 당시 나는 '하루살이'였다. 당장 그만둬도 괜찮다고 생각했다. 이런 마음가짐으로 지금까지 견뎌왔다.

요즘 병원에 신규 간호사가 들어오면 사직률이 50퍼센트 이상이다. 아마 내가 느끼는 부분을 그들도 느낄 것이다. 내가 신규 시절일 때보다는 문화가 많이 변해가고 있지만 이곳은 시대의 변화에 아직 한참 뒤떨어져 있다. 개성을 중시하고, 자기 자신을 중시하고, 자신의 목소리를 내는 게 당연한 세상에서 '간호사'는 단 한 가지도 받아들여지지 못한다. 여기에 더해 사람에겐 '성취감'이 일하는 원동력이 되는데 이 세계에서는 그런 걸 하나도 느끼지 못한다. 잘해야 본전이고 못하면 전부 '내 탓'인 환경이다. 내가 의사의 처방을 거르지 못한 탓, 내가 먼저 발견하지 못한 탓, 내가 멍청한 탓, 내가 성인군자이지 못한 탓. 환자가 나에게 욕을 해도 그 말을 못 들은 척 무시하는 것 말고는 할 수 있는 게 없다. "그렇게 말씀하시면 안 되죠"라고도 말하지 못한다.

세상에 완벽하거나 완전한 것은 없다. 하지만 완벽을 기해야 하는 곳이 대학병원 중환자실이다. 이 공간에서 실수를 하면 모든 것이 내 탓이 된다. 그리고 이내 '나는 중환자실 간호사를 할 수 없다'는 생각이 든다. 다들 그런 고비를 넘으며 중환자실 간호사로 남아 있는데 말이다. 세상에 완벽하고 완전한 것은 없지만 우리는 여러 실수들을 보완하고 공부하고 노력해가며 완성해 나가고자 할 뿐이다. 완성된 것을 쟁취하려는 것이 아니다.

빨리 그만두는 아이들도 처음에는 의욕이 가득 차 보인다. 오래 다니고 싶어 하고 하나라도 더 배우려고 열정이 넘친다. 하지만 자신이 배웠는데도 완벽하게 하지 못하면 자책하고 행여나 실수하면 자기 자신에 대한 실망감이 현실보다 몇 배는 부풀어져 스스로에게 화살을 겨눈다. 그리고 끝내는 사직서를 낸다.

어쩌면 난 정말 하루밖에 살지 않아서, 미래를 그리지 않고 오늘 하루 또는 당장 내게 주어진 일에만 집중했기에 시간이 흐르는 줄도 모른 채 여기까지 온 것 같다. 일희일비하면서. 그러고 뒤돌아보니 나의 20대가 지나가 있었다. 물론 병원 생활 말고는 그 시간을 충분히 즐기지 못한 것 같아 아쉽고 후회될 때가 있다. 나는 거의 병원과 집만 오갔다. 일하다 지쳐서 집에 가기 바빴고 공부해야 하는 양이 산더미여서 그럴 수밖에 없었다.

첫 사회생활을 시작하는 후배들이 너무 애쓰지 않았으면 좋겠다. 어떻게든 버티려고 악착같이 매달리는 모습이 처음에는 예뻐 보였지만 결국 제풀에 지쳐 나가는 모습이 안타깝고 안쓰러웠다. 누구보다 여기서 열심히 살아내려고 아등바등했던 아이들이 결국엔 마음의 무게를 견디지 못해 사직서를 내고 마는 것이다. 병원에 오려고 공부했던 대학 4년, 그리고 병원 입사하기 전 웨이팅 몇 개월, 입사해서 배우는 시간 몇 개월을 생각하고도 끝내 버텨내지 못하는 모습이 서글프다. 그렇게 애쓰던 모습이 생각나서.

고생이 많으시네요

"혹시 직업이 어떻게 되세요?"

"아~ 간호사입니다."

"어우, 힘드시죠? 고생이 많으시네요."

"에이~ 고생하는 직업이 이거 하나인가요?"

어느 모임에서 다양한 직업과 나이대의 사람들을 만나게
되었다. 우연히 옆에 앉아 계시던 연세 지긋해 보이는 여사
님과 대화를 나누게 되었다. 여사님은 대한항공 지상직으로
일하다가 퇴임하신 분이었다. 더 대화를 나눌 수 있었지만
나의 방어적인 말투 때문인지 대화가 이어지진 않았다.

처음 만나는 사람에게 우리는 흔히 직업을 묻는다. 직업을 알면 그동안 어떻게 살아왔을지 어렴풋하게나마 감을 잡아볼 수 있기 때문이다. 그동안 간호사로 지내면서 얼마나 많은 사람들에게 나를 소개했을까? 그때마다 돌아온 답변은 하나였다. 특히 코로나19가 유행하고 나서는 더욱 자주 듣게 되었다.

"고생이 많으시네요."

처음에는 위로를 받는 것 같았고 시간이 지나서는 나의 노력을 인정받는 것 같았다. 더 시간이 지난 지금은 나도 모르게 정색을 하게 된다. 한참 기분 좋은데 누군가 찬물을 확 끼얹는 느낌이다.

입사 초기에는 누구나 그렇듯 나도 너무 힘들었다. 남들이 말하듯 고생을 많이 한다고 생각했다. 그래서 고생 많다는 말에 고개를 끄덕였다. 어쩌면 사회 초년생으로서 고생하는 건 너무나 당연한 때였는데 말이다.

업무에 어느 정도 적응하고 나서는 내가 살아남기 위해 발버둥 쳤던 노력들을 인정받는 것 같았다. 실상 상대편은 내가 어떻게 노력하는지 모르고 사회 통념상 건넸던 이야기였을 텐데 말이다. 고생하는 게 당연하다고 생각했다.

그런데 언젠가부터 벗어나고 싶었다. 도대체 이 고생을 왜

해야 하나 싶었다. 누구를 위해서 해야 하나? 단지 먹고살아야 하니 돈을 벌기 위해서? 이렇게 스스로 수없이 질문했다. 아니다. 3교대를 하며 건강, 가족과의 시간, 친구들과의 추억 등 많은 것을 포기한 것치고 월급이 많지도 않다. 그럼에도 계속하는 이유는 뭐였을까?

첫 책을 쓰며 알았다. 나는 이 직업을 많이 애증하고 있다는 것을. 정말 그만두고 싶어 하면서도 우리의 일에 대해서 쓰고 싶어 했다. 많은 사람들이 보기를 바랐다. 그 계기로 나는 내가 '증오'만 하는 것이 아닌 '사랑'도 하고 있다는 것을 인정하기로 했다.

간호사의 일은 힘들다. 하지만 동정받고 싶지 않다. 나는 젊은 시절의 열정을 쏟으며 일을 하고 있다. 누군가에게 도움이 되기 위해서 끊임없이 공부하고 스스로를 정제한다. 체력적으로 버티지 못하면 동료 간호사, 환자에게 피해가 간다는 것을 알기에 운동하고 그마저도 안 될 때는 정신력으로 버틴다. 응급실에 갔다가 출근하기도 한다. 밥을 거르며 일하고 화장실을 못 갈 때도 많다. 이렇게까지 하는 이유는 내가 잠깐 쉬면 환자에게 피해가 갈 수 있기 때문이다. 일하는 시간은 나에게 돈으로도 매길 수 없는 것이다. 나의 눈길 한 번이 그 사람을 살릴 수도 있다는 것을 알기 때문이다. 다만 알아주었으면 하는 것은 이렇게 간호사를 쥐어짜며 굴러가는 병원의 상황이 결국엔 환자에게 피해를 주리라는 것이다.

나는 내 일에 자부심을 갖고 일하고 있는데 안쓰러운 표정으로 "고생하시네요. 힘드시죠?"라고 말하면 힘이 빠진다. 힘든 일을 억지로 버텨가며 하고 있다는 느낌을 받게 된다. 세상에 힘들지 않은 직업은 없다. 세상에 유토피아가 없고 완벽한 일이 없듯이. 나름의 고충들을 다 가지고 있듯이. 간호사의 일도 그렇다. '간호사의 일=힘든 일'로 굳어지지 않기를 바란다.

3장

간호사가 된 것을 후회하지만,
간호사가 되지 않았다면
더 후회했을 것이다

잡고 싶은 이별과
놓아버린 이별

"환자 올라왔습니다."

중환자실 문이 열리고 환자가 들어왔다. 밀고 들어오는 침대에 우린 모두 멈칫했고 일제히 불평불만을 쏟아냈다.

"이렇게 갑자기?"

"아니, 인공호흡기가 필요할 것 같으면 미리 언질이라도 줬어야지."

"무슨 시간 약속도 안 하고 환자가 이렇게 바로 와. 그러다 무슨 일 생기면 어떻게 하려고?"

"우린 뭐, 다 처리할 수 있다고 생각하나 봐."

중환자실은 보통 응급상황이 아니면 환자를 파악하고 받는 편이다. 아무래도 환자의 중증도가 높기 때문에 어떤 질병을 앓고 있는지 무엇이 그 사람의 목숨을 쥐락펴락할지 어느 정도는 파악하고 나서야 환자를 받는 편이다. 이렇게 준비를 하고 받아도 시시각각 눈앞에서 초 단위로 바뀌는 환자 상태에 내 몸이 열 개였으면 좋겠다는 생각이 들 정도다. 만약 병동에서 위급상황이 발생하면 환자의 침대가 다 차 있어도 급하게 환자들 사이에 자리를 만들고 응급처치를 하기도 한다. 응급실을 거쳐서 오면 최소한 지금의 상황이나 진단명, 어떤 기계가 필요한지 정도는 파악할 수 있다. 또한 응급상황 처치를 하고 오기 때문에 우리로선 부담감이 덜하기도 하다. 그런 응급실도 전원 문의를 거쳐 환자를 받게 되고 다중추돌이나 준비가 필요한 경우에는 119의 전화를 받고 준비할 때도 있다.

하지만 환자를 갑자기 밀고 오는 경우는 그야말로 어쩌다 한 번이다. 나는 지금까지 두 번밖에 보지 못했다. 한 번은 외래에서 내시경 하다가 천공이 되어서 급하게 올라온 경우였고, 나머지 한 번이 이번에 마주한 상황이다. 외래로 전원 문의가 왔다. 보통 전원을 오는 경우에는 응급실을 거쳐서 오기 때문에 이런 경우는 내가 처음이자 마지막으로 본 상황이다.

그날은 외래로 보호자가 전원 문의를 하러 왔었고 응급실을 거치지 않고 바로 전원을 온다고 했다. 우리는 환자가 어떤 상태인지, 어떤 걸 준비해야 하는지 물었지만, 외래에서 돌아온 답은 보호자만 와서 환자 상태를 모르겠다는 말이었다. 우린 생각했다.

'뭐 응급실을 거치지 않고 올 정도면 생각보다 나쁜 경우는 아닌가 보다. 그래도 간단하게 산소 뭐 줄지만 준비해둘까?'

그렇게 들어선 환자는 기관절개술(성대 하부 기관에 절개를 하여 코나 입이 아니라 절개 구멍을 통해 공기를 흡입해서 숨을 쉴 수 있도록 하는 수술)을 했고 인공호흡기가 필요했다. 이동 중에는 인공호흡기를 사용할 수 없어 앰부배깅(ambubagging, 스스로 호흡이 힘든 환자를 위한 수동식 산소 공급 조치)을 하며 중환자실에 들어섰다.

당황한 우리는 서둘러 인공호흡기를 설치하고 담당의를 찾았다. 인공호흡기 설정값은 담당의가 정해야 하기 때문이다. 그렇게 응급으로 처리하고 나서야 환자의 얼굴이 눈에 들어왔다. 머리부터 발끝까지 움직일 수 있는 건 눈밖에 없었다. 배는 복수로 인해 터질 듯했다. 서둘러 그녀에게 무슨 일이 있었는지 파악해야 했다. 개인정보 유출의 위험성 때문에 의료 정보는 담당하는 부서에서만 볼 수 있다. 환자에 대한 정보를 보기 위해서는 전산상으로 환자가 우리 병동에 들어왔음을 기록해야 하기에 바로 입실 저장을 하고 그녀의 진단명과 과거력을 읽어 내려갔다. 큰 병원에 입원해 치료를 받다가 갑작스러운 심정지 상황이 발생했고 많은 치료 끝에 다발성 장기부전이라는 진단을 받았다.

여러 장기가 일을 하지 않는 것이기에 우리가 당연히 하는 호흡도, 당연히 먹는 밥도, 당연히 나누는 대화도 그녀에게는 허락되지 않았다. 가만히 누워 있어 피부가 짓무르는 아픔이 느껴져도 괴로워하는 것 말고는 아무것도 할 수 없다. 본인의 몸에 갇혀버린 상태, 더 이상 회복 가능성 없이 살아가는 상태, 더 이상 희망을 바랄 수 없는 상태. 모든 치료는 끝났고 유지만 하는 상태였다. 그렇게 우리의 가족처럼 꽤 오랜 시간 중환자실에 머물렀다.

"이렇게 하면 자세가 불편해요?"

"자세가 불편하면 눈을 오른쪽으로, 괜찮으면 눈을 왼쪽으로 돌려봐요."

"더워요?"

"추워요? 이불 덮을까요, 말까요?"

　나의 많은 질문들에 그녀는 눈빛으로만 말할 뿐이었다. 그녀를 조금이라도 편하게 하려면 정말 자세히 물어야 했다. 또 그녀의 표정 변화를 예민하게 간파해야 했다. 피부 짓무름을 방지하려고 자리를 최대한 바꾸어보지만, 그녀는 불편한 듯 얼굴을 찡그릴 뿐이었다.

　초반에는 영양 상태를 위해 위관 영양을 시작했다. 나중에는 배에 가득 찬 복수 때문에 그마저도 토하기 일쑤였다. 영양제를 매일 달아도 그녀의 팔다리는 뼈와 피부밖에 남지 않았다. 몸 안 장기들의 기능부전으로 인해 그녀의 배는 점점 복수가 차올랐고 부른 배 때문에 숨 쉬기 힘들어했다. 그렇게 몇 달간 우리와 한 공간을 살았지만 그녀에게도 어쩔 수 없는 시간이 찾아왔다. 일주일에 수십 번 고비를 넘겼다. 날마다 오늘을 넘기지 못할 것 같았다. 한고비를 넘길 때마다 이러다 괜찮아지지 않을까 하며 기적을 바라기도 했다.

　그녀는 30대 후반의 젊은 여자였다. 중학생과 고등학생 아들딸을 둔 엄마이자 누군가의 아내였다. 이 세상과 이별하기에는 너무 젊었다. 아직은 엄마 손이 필요한 청소년기 아이들에게 엄마의 빈자리가 너무 클 것 같았다. 그녀의 남편 또

한 혼자 되어 아이 둘을 책임지기에는 너무 젊다는 생각이
들었다.

　내가 중학생이었을 때 아빠가 갑자기 응급실에 실려 간 적
이 있었다. 일터에서 식사를 하던 중 밤에 피를 쏟아냈다고
한다. 119를 이용해 종합병원으로 바로 이동되었지만 종합
병원에서는 큰 병원에 가봐야 할 것 같다며 대학병원 응급실
로 다시 보냈다. 응급실에서 들었던 말은 수술을 해봐야 하
고 심하면 사망할 수 있다는 것이었다. 아빠는 위암이었다.
이후 수술과 긴 항암치료 끝에 5년이 지나 완치 판정을 받았
다. 그 기간 동안 아빠가 한 끼도 먹지 못하고 토한 것을 치우
는가 하면, 나보다 몸무게가 적게 나가고 점점 대머리가 되
어가는 모습을 보았다. 그때 나는 절실했다. 우리 집의 가장
이 살아만 있으면 좋겠다는 마음. 그거 하나만으로도 세상
전체와 싸울 수 있을 것 같았다. 너무 소중했다. 그 몸에 숨이
붙어 있다는 것만으로도.

　그래서 난 그녀가 일상생활까지는 못 하더라도 살아만 있
으면 좋겠다는 생각으로 기적을 바랐다. 그런 나의 바람에도
불구하고 많은 고비 끝에 그녀는 결국 모든 이와 이별할 수
밖에 없었다. 어쩌면 처음의 심정지 상황에서 마지막까지의
시간은 선물 같은 것이었는지 모른다. 남아 있는 사람들에게

그리고 그녀에게 마지막을 준비할 수 있는 선물.

마지막 순간임을 알아차렸을 때 우리는 서둘러 임종을 준비했다. 중환자실 앞에 대기하고 있던 어린 자식들에게 너무 가혹한 상황이지만 마지막을 준비해야 한다고 알렸다. 일터에 있는 그녀의 남편에게도 이 사실을 알렸다.

"아버님, 이제 곧 심정지 상황이 올 것 같아요. 병원으로 오셔야겠어요."

"제가 일 마무리하고 빨리 가도 1시간 30분은 걸릴 거 같습니다. 그냥 정리해주세요."

"임종 안 보셔도 괜찮으세요? 저흰 아버님 오셔야 사망선고를 할 수 있는데……."

"괜찮아요. 아이들에게 해주셔도 됩니다. 저는 도착하는 데 시간이 오래 걸릴 거 같아요."

마지막 상황에도 흔들림 없는 남편의 태도에 적잖이 당황했다. 보통은 목소리부터 흔들리고 최대한 빨리 가겠다고 대답한다. 그런데 그는 이러한 상황을 많이 겪은 탓인지, 아니면 마음의 준비를 단단히 한 탓인지 흔들림이 느껴지지 않았다.

결국 남편이 오기 전, 오전 10시 20분에 담당의는 아이들만 있는 자리에서 사망선언을 했다. 사망선언을 하고 전산 정리를 하고 환자의 시신을 정리하는 동안 꽤 많은 시간이 흘렀지만 남편은 도착하지 않았고 아이들과 함께 그녀는 영안실로 옮겨졌다.

곧 응급실로부터 중환자실에 올라갈 환자가 있다는 전화가 왔다. 그녀가 사용하던 자리를 깨끗이 닦고 아무 일 없었다는 듯이 새로운 환자를 받았다. 일하면서 그 자리를 보자니 너무나 어색했다. 그녀가 있어야 할 자리에 다른 사람이 누워 있었으니……. 그다음 날 출근해서도 그날의 잔상이 계속 어른거렸다.

아이들은 엄마를 잡고 싶었고 남편은 회복할 수 없음을 받아들여 놓아버렸다. 그리고 남은 아이들을 위해 남편은 앞으로 걸어 나갔다. 삶은 멈추지 않는다. 남편에게는 아이들이 있으니까.

# 잘해왔고, 잘하고 있고,
지금처럼 잘해낼 거야

나의 위태로웠던 날들이 하루하루 쌓이더니 10년 가까이 흘렀다. 환자의 상태가 조금만 안 좋아도 어떻게 해야 할지 몰라 발을 동동 구르던 시간이 제법 쌓였다. 이제야 알았다. 이 축적의 시간이 필요했다는 것을. 갖가지 경험들이 쌓여 크지도 작지도 않은 진폭이 생긴다는 것을. 물에 동전을 던진다고 해도 파도가 되지 않는다는 것을.

평소와 다를 것 없는 하루였다. 면회 시간에 환자 상태에 대해 보호자에게 설명하고 자리에 앉아 남은 할 일들을 정리하고 있었다. 면회 시간이 마무리되어 갈 때쯤 보호자인 할머니가 나에게 다가와 손을 꼭 잡았다.

"우리 할아버지 잘 부탁해요. 지금까지 수고했지만, 조금만 더 수고해줘요."

평소에도 듣던 말이었다. 하지만 그날따라 다르게 들렸다. 인사치레로 "수고하세요"와는 다른 느낌이었다. 할머니의 손에서 온기가 느껴져서였을까. 할머니가 나의 손을 잡고 나와 눈을 마주치며 말하자 눈물이 핑 돌았다. 눈물이 떨어질 것 같아 할머니 얼굴을 쳐다보지 못하고 "할머니, 알겠어요. 들어가세요"라고 대답했다. 나의 말투는 누가 들어도 감정이 배제된 AI처럼 정제되어 있었다. 상대방은 차갑다고 느꼈을지 모르지만, 이유 없이 분출된 감정을 눌러 담기 위해서였다. 당황스러웠던 그 감정은 집에 와서도 여운을 남겼다.

간호사의 일은 잘해야 본전이다. 노력하는 것은 티가 안 나지만 자그마한 구멍이 나면 크게 티 나는 직업. 챙겨야 할 것들만 잘 챙기면 되는 것이 아니다. 우리의 일은 해내는 과정도 중요하다. 얼마나 정확히, 얼마나 빠르게, 얼마나 제대로 하는지가 중요한 직업이다. 어느 하나를 간과하는 순간, 돌이킬 수 없는 실수가 된다. 실수라는 단어로는 부족한 상황. 그렇기에 서로에게 높은 잣대를 들이밀게 된다. 이런 환경은 만족을 모르게 만든다. 늘 내가 하지 못했던 것, 더 챙기지 못했던 것을 생각하고 자책하게 한다. 늘 혼나고 스스로가 부족하다고 생각했는데 할머니 손의 따뜻한 온기와 '지금까지 수고했지만'이라는 부분이 몇 년 동안의 힘든 날들을 토닥여주었다. 누군가에게 나의 노력을 처음으로 인정받아서 그때 나는 눈물이 터졌다.

이제 나는 중환자실 신규 간호사들의 교육을 전담하는 현장 교육 간호사가 되었다. 신규 간호사 선생님들을 볼 때면 스물네 살의 나와 마주하게 된다. 지금 선생님들과 똑같이 출근하는 것이 무서워 가슴이 쿵쿵거린 적도 있고 잠들지 못한 날도 많았다. 스트레스로 새벽 내내 헛구역질을 하는가 하면 이유 없이 열이 나서 응급실에 가야 했던 날도 있었다. 가슴이 정말 터질 것 같은 중압감을 이겨내야 했다. 새로 간호사가 된 선생님들을 보면 그런 나를 마주하는 것 같아 늘 마음이 쓰인다. 축적이 되어야만 견딜 수 있는 이 시간을 잘 지나길 바란다. 그때의 나를 떠올리며 해주고 싶은 말이다.

"잘해왔고, 잘하고 있고, 지금처럼 잘해낼 거야."

힘들었던 만큼 성장한다. 늘 얻을 것이 있었다. 그것들을 차곡차곡 잘 쌓기를 바란다. 아직 오지 않은 미래를 너무 걱정하지 말라고 말해주고 싶다.

할머니와의 일이 있고 나서 우리가 일상적으로 퇴근길에 말하는 "수고하셨습니다"라는 말이 다르게 들렸다. 그저 인사치레라고 생각했기에 그 말의 뜻을 들여다볼 생각을 하지 못했다. '수고하다'라는 단어는 '일을 하느라고 힘을 들이고 애를 쓰다'라는 뜻이다. 오늘 하루를 잘 살아내느라 힘을 들이고 애를 썼다. 그 하루들이 쌓인다. 축적의 시간. 그 시간은 짙은 농도를 만들어낸다. 우린 어제를 잘 살아냈고 오늘도 잘 살아내고 있고 지금까지 잘해냈듯이 내일도 잘해낼 것이다. 어제의 나와 오늘의 나를 너무 무시하지 않기를. 미래를 너무 걱정하지 않기를 바란다. 오늘을 잘 살아낸 내가 그 증거이기에.

생각보다 큰 의지의 힘

　내가 입사하던 날, 같은 부서에 일곱 명의 동기가 같이 들어왔다. 그중 내가 가장 오래 남을 거라고는 아무도 생각하지 못했을 것이다. 동기들이 하나둘 떠나가고 나 혼자 이렇게 임상에 남게 된 이유를 묻는다면 나 스스로와 했던 약속을 들려주고 싶다.

　'무조건 임상에서 3년을 버틴다. 스스로 납득할 이유가 없는 한 포기하지 않는다.'

　일의 중압감과 힘듦에 '그만두자'라는 생각보다 '죽고 싶다'는 생각이 많이 들 정도로 매일 울면서도 난 이 약속을 저버리고 싶지 않아 끝끝내 버텨냈다. 아마 나에게 그런 목표와 의지가 없었더라면, 몇 번의 고비들에서 당장 그만두었을 것 같다.

간호사가 되어서 몇 년 동안은 알지 못했다. 당장 오늘 살아남기 위해 악착같이 버티던 때라 다른 사람과 환경들은 눈에 들어오지 않았다. 시간이 지나 여유가 생기면서 환자의 감정과 그 사람 자체를 이해해보고자 노력하면서 알게 되었다. 치료에 적극적인 환자와 부정적인 환자의 결과가 극과 극을 달린다는 것을.

간 이식 환자들을 계속 맡았던 적이 있다. 간 이식은 암, 자가면역성 질환, B형간염 또는 C형간염처럼 만성 바이러스성에 의한 간경화증, 알코올에 의한 간경화 등 다양한 이유로 간이 제 기능을 하지 못할 때 이루어진다. 수술 이후에는 이식된 간에 대한 몸의 거부반응 때문에 자가면역억제제를 사용해야 한다. 일주일 이상은 무균실 치료를 위해 격리방에서 생활하고, 평생 자가면역억제제를 복용해야 한다. 수술도 수술이지만 그만큼 관리가 더 중요하다.

엄마뻘의 여자 환자가 있었다. 간 이식하기 전에는 병동에 있었던 사람이라 수술을 원했는지 아닌지 알 수 없었다. 수술이 끝나고 중환자실에서 치료를 이어갔다. 인공호흡기를 떼고 나자 이런 말을 했다. "나, 안 살고 싶다고 했잖아. 나, 수술 안 받고 싶다고 했잖아."

그녀는 수술을 받지 않고 생을 마무리하고 싶었지만, 가족들은 그녀가 수술받고 조금은 자신들 곁에 더 있어주기를 바랐던 모양이다. 그래서인지 그녀는 치료를 받을 때도 모든 것에 부정적이었다. 평소에 말을 계속 걸어도 대답조차 하고 싶어 하지 않았고, 자기를 좀 내버려두면 좋겠다고 말했다. 치료 의지가 전혀 없었기 때문일까? 가족들은 매일 애타게 환자를 찾아왔지만 조금도 나아질 기미가 보이지 않았다. 괜찮아졌다 안 좋아졌다를 반복하며 중환자실에서 치료를 받았다. 24시간 투석기를 떼었다가 다시 했다가를 반복했고 인공호흡기를 달았다가 떼기를 반복했다. 오랜 시간이 흐르고 나서야 그녀는 중환자실의 치료를 끝내고 병동으로 내려갔다. 바쁘게만 흘러가는 시간 속에서 그녀는 점점 나에게서 잊혔다. 병동에서 치료하고 퇴원했으리라 생각했다. 머릿속에서 사라졌을 때쯤 병동에서 중환자실 입실 문의 전화가 왔다.

"환자 컨디션이 좋지 않기도 하고요. 아마 가면 인튜베이션(기관 내 삽관) 하고 CRRT(지속적 신대체요법, 쉽게 말해 24시간 투석기) 돌릴 거 같아요. 혹시 중환자실 자리 되나요?"

"한 자리 비는데요. 혹시 환자 이름이 뭐죠?"

"○○○입니다."

"네. 연락드릴게요. 당장 올라와야 하는 거 아니죠?"

"네."

얼굴을 마주한 순간, 잊고 있던 시간이 머릿속을 스쳐 지나갔다. 예전에는 그래도 생기가 있었는데 상태가 완전히 달라졌다. 몸은 복수로 땡땡하게 부었는데 반대로 얼굴은 수척했다. 피부는 노랗게 떠 있었으며 오랜 병상 생활로 인해 언제 씻었는지 모를 정도로 상태가 말이 아니었다. 아마 병동에서도 침대에만 누워서 지냈던 것 같았다. 중환자실에 와서 예전처럼 인공호흡기를 달고 투석을 진행했지만 여전히 치료를 받고 싶어 하지 않는다는 게 느껴졌다. 결국 300일이 넘는 치료를 이겨내지 못하고, 그토록 원했던, 치료받지 않는 세상으로 떠났다.

똑같이 간 이식을 받았지만 40대 남자의 경우는 전혀 달랐다. 그 역시 그녀처럼 술로 인해 간이 망가졌지만 발병 이후에는 병원을 꼬박꼬박 다녔다. 술을 끊고 관리도 열심히 한

까닭인지 다른 사람들보단 빠르게 진행되지 않았다. 간 이식 수술을 하고 나서도 하루가 되지 않아 인공호흡기를 뗐고, 3일 만에 병실 안을 걸어 다녔다. 수술하고 이렇게 빨리 걸으면 예후가 좋다. 수술 후에는 누구나 아프다. 그럼에도 빨리 치료하고 병원을 나가려면 운동을 해야 한다. 이 부분은 간호사가 도와줄 수 없다. 그는 누워 있을 때도 근육이 약해지는 것 같다며 다리를 들었다가 내렸다가 자전거 타는 자세로 꾸준히 운동했다. 퇴원해서 병원을 나가면 하고 싶은 것이 많다며 버킷리스트를 말하기도 했다. 그중 하나는 월드컵 때 친구들이랑 모여 응원하는 것이었다. 그때가 한참 월드컵 시즌이기도 해서 컴퓨터로 인터넷 생중계하는 것을 보여주었다. 병원을 빨리 나가고 싶다며 침대에 누워서도 운동하던 그는 실제로 수술한 지 일주일 만에 병동으로 내려갔다. 퇴원도 금방하고 때 되면 병동에 꼬박꼬박 들렀다 간다는 이야기를 동료 간호사에게 들었다.

비슷한 환자가 또 있었다. 50대의 B형간염 보균자로서 간염이 간부전으로 진행되면서 수술을 진행한 환자였다. 한 집안의 가장인 그는 딸바보였다. 딸이 면회를 올 때면 1초도 눈을 떼지 않았다. "딸이 최고죠?"라는 나의 질문에 그는 함박

웃음을 지으며 말했다.

"그치, 내가 쟤 땜에 사는 거야. 나는 꼭 살아야 해. 대학도 보내고, 시집도 보내야 해."

딸 사랑이 지극해서인지 이 환자도 수술 끝나고 얼마 되지 않아 인공호흡기를 바로 떼어냈고, 앉아서 책까지 읽었다. 한번은 이 환자에게 중환자실 사이코시스(환각과 망상을 주 증상으로 하는 정신병적 장애) 증상이 나타났다. 보통 중환자실은 24시간 거의 불이 켜져 있고, 여기저기 알람 소리가 지속적으로 울리기 때문에 잠시나마 정신이 오락가락하기도 한다. 이런 경우 하루 이틀 정도 푹 자고 안정을 취하면 원래대로 돌아온다. 그는 중간중간 헛소리를 하는 와중에도 딸 앞에서는 흐트러진 모습을 보이지 않으려 했다. 그는 2주도 걸리지 않아 중환자실 치료를 끝내고 병동으로 이동했다.

똑같은 수술 환자를 지속적으로 맡게 되면서 느꼈다. 삶의 의지가 얼마나 중요한지를. 살고자 하는 사람은 눈에 불을 켜고 병을 치열하게 이겨낸다. 반면, 수술이나 치료를 받고 싶어 하지 않는 사람일수록 치료가 늘어지고 나을 기미가 보이지 않는다. 우리의 정신세계는 이렇게나 중요하다.

간 이식은 수술을 하고 초기 치료비만 3,000만 원이 넘는

다. 치료 기간에는 세상과도 단절되고 일상생활을 전혀 할 수가 없다. 환자뿐만 아니라 그를 돌보는 가족까지도 그렇다. 병을 치료하기 위해서는 돈과 치료 비용, 돈을 벌 수 있는 기회비용 등 많은 것들을 감수해야 한다, 우리나라가 다른 나라에 비해 건강보험이 잘되어 있다고는 하지만 완전 무상이 아니어서 부담이 되는 것은 사실이다. 치료라는 것은 절대 혼자 하는 것이 아니다. 여러 사람이 함께 내는 건강보험료에도 돈을 내는 사람들의 노력이 들어가 있다. 돈과 시간을 많이 들여야 하는 일이니 부디 살려고 노력했으면 좋겠다.

아이들은
어른보다 강하다

우리는 모두 안다. 나이순으로 죽음을 맞이하지 않는다는 걸. 번호표 뽑고 기다리듯 순서대로 죽음 앞에 나아가지 않는다. 그것을 여실히 확인할 수 있는 공간이 병원, 그중에서도 응급실이나 중환자실이다. 우리 병원은 소아 중환자실이 따로 없다. 그래서 태어난 지 한 달이 채 되지 않은 아기부터 100세가 넘은 분들까지 중환자실에 누워 있다.

아홉 살 여자아이였다. 단지 배가 아파서 응급실에 왔을 뿐인데, 갑자기 수술을 하고 중환자실로 입원하게 되었다. 참을 수 없는 복통의 원인은 난소 낭종이었다. 드문 경우이긴 하지만 종괴가 꼬이거나 복강 내에서 파열되면 복강 내

출혈과 급성 복통을 일으킬 수 있다. 어린아이가 이런 수술을 하는 경우는 흔치 않기도 하고 혹시나 하는 마음에 중환자실에서 하루 보게 되었다.

수술을 막 하고 나왔을 당시 마취가 덜 깬 상태에서 간호사들이 의식을 사정하기 위해 깨우니 아이답게 엄청 울었다. 아파서일 수도 있고, 중환자실 분위기에 놀라서 그랬을 수도 있고, 다른 아이들처럼 그저 잠에서 깨기 싫어서였을 수도 있다. 아이는 막상 마취가 다 깨고 나서는 언제 울었냐는 듯이 간호사들의 움직임이나 주변 상황을 말똥말똥 쳐다보았다. 눈이 마주치자 너무 반가웠다. 더워서 땀을 흘리기에 부채를 만들어주면서 아이랑 대화를 나누었다.

"○○야, 여기 어디인 줄 알아?"

"중환자실이요."

"여기 어때?"

"조용하고 좋아요."

"여기가 조용해? 아닐 텐데. 기계 소리 많이 울리고 무섭지 않아?"

"울리기는 하는데 병동보단 좋아요. 병동에선 아기들이 너무 많이 울어서 시끄러워요."

"그래? 무서워할 줄 알았는데. 연세 많으신 분들도 중환자실 무서워하시거든. 여기저기서 무시무시한 알람이 많이 울려서. 생각보다 잘 있네. 멋있다!"

"무섭긴 해요."

"응? 뭐가 무서워?"

"또 수술할까 봐……."

"아까 수술하고 나왔잖아. 오늘은 여기서 몸 괜찮은지만 볼 거야. 여기서 잘만 누워 있으면 수술 또 안 할 거야. 중환자실은 계속 불 켜져 있고 잠 못 잘 텐데 괜찮아?"

"아까도 잘 잤어요. 괜찮아요."

"부모님이랑 같이 못 있는 건? 그건 괜찮아? 여기 다 모르는 사람만 있잖아."

"그것도 괜찮아요. 내일 병실 가서 같이 있으면 되니깐. 하루 정도는 버틸 수 있어요."

간혹 아이들이 와도 바빠서 이야기를 잘 나누지 못했다. 내 짐작엔 아이들이 중환자실을 무서워할 것 같았는데 실제로는 훨씬 더 차분했다. 자신이 왜 중환자실에 왔는지 잘 인지했고, 사람들이 기계를 달고 움직이지도 않은 채 누워 있는 것에 대해서도 '아파서 치료받고 있는 것'임을 확실히 알고 있었다.

또 다른 아이도 있다. 유치원이 끝나고 할아버지와 집에 돌아가다가 사고를 당한 경우였다. 당시 아이는 뭔가를 봤는지 갑자기 할아버지의 손을 놓고 뛰어갔다고 한다. 이내 쿵 소리가 들렸고 할아버지가 뛰어가서 확인했을 때 아이는 9인승 차량에 깔려 있었다. 사이렌이 울리고 아이를 태운 구급차가 응급실을 향해 들어왔다. 아이의 뼈는 탄성이 좋아서 잘 부러지지 않는다고 하던데 정말로 아이는 어디 부러진 곳 없이 폐좌상(폐조직의 찢어짐이나 절단 없이 모세혈관의 손상을 수반하는 것)만 있었다. 다리를 어딘가에 부딪혔을 때 멍이 드는 것처럼 폐에도 멍이 들 수 있다. 이는 폐렴이나 급성 호흡 부전을 일으킬 염려가 있기 때문에 중환자실에서 '절대 침상 안정'을 하며 지켜보기로 했다. 아이의 가슴에는 타이어 자국이 그대로 남아 있었다. 응급실에서 절대 움직이면 안 된다는 것을 듣고 왔는지 아이는 정말 꼼짝조차 하지 않았다. 큰 눈을 뜨고서 흐느낌도 없이 눈물을 주르륵 흘리고 있었다.

"왜 눈물이 나올까? 가슴 많이 아파? 아프면 아프다고 말해줘."

"안 아파요."

"그럼 기계 소리가 많이 나고 그래서 무서워서 그럴까?"

"아니요."

"가만히 누워 있는 거 힘들어?"

"아니요. 누워 있을 수 있어요."

"그럼 우리 아가 왜 울까? 엄마, 아빠 보고 싶어?"

"엄마, 아빠 아까 봐서 안 봐도 괜찮아요."

"그럼 왜 울지? 선생님한테만 말해주면 안 될까?"

"할아버지 보고 싶어요."

"알겠어. 그럼 선생님이 할아버지 오실 수 있는지 여쭤볼게!"

할아버지가 아이를 데리고 집에 돌아오다가 그랬다는 기록을 보고 손주 때문에 자책하지 않을까 걱정했는데, 아이가 보고 싶어 하니 잘됐다 싶었다. 중환자실 밖에서 대기하고 있는 아버지에게 아이가 할아버지 보고 싶어 한다고 전했다. 아이 아버지는 시간이 너무 늦어 오늘은 어렵고 내일 할아버지 모셔 온다고 전해달라고 했다. 2~3일이 넘는 치료기간 동안 아이는 정말 똑바로 누워 있었다. 자세가 힘들다는 말도 없고 찡찡대거나 꿈쩍거리지도 않고 잘 유지하다가 중환자실 치료를 끝내고 병실로 갔다.

어른보다 더 어른 같은 아이들을 보며 궁금증이 일었다. 아이들은 중환자실에 누워서 무슨 생각을 할까? 아이들은 생각보다 어른이었다. 어른다운 것이 아닌 어른. '어른'이라는 말에는 '다 자라서 자신의 일에 책임질 수 있는 사람'이라는 뜻이 있다. 자신의 상황을 제대로 인지하고 자신에 대한 책임을 다하는 행동. 중환자실 아이들은 어른보다 더 어른이었다.

중환자실에 입원한 지 2개월이 넘고 병원에 입원한 지는 6개월이 지난 장기 환자가 있었다. 창문이 잘 보이지 않고 TV도 없는 이곳. 감옥처럼 사회와 분리된 생활을 오래도록 한 할아버지는 밤낮을 구분하지 못했고 오늘이 며칠인지도 알지 못했다.

"간호사 바뀌는 시간이어서 확인 좀 할게요. 성함이 어떻게 되세요?"

"문 좀 꼭 열어놔."

"왜요?"

"집에 좀 가게. 나가면 택시 있지?"

"에이~ 치료 다 끝나면 보내드릴게요."

"왜에에엥~ 나 집에 가고 싶어. 집에 전화해서 나 좀 데려가라고 해."

"할아버지 치료 끝나면 꼭꼭! 집으로 보내드릴게요!"

중환자실에서 도망갈 기회만 엿보던 할아버지가 마침내 중환자실 치료를 마치고 병동으로 옮겨갔다. 그런데 몇 시간 만에 중환자실로 돌아왔다. 언제 병실에 갔었냐는 듯이. 그렇게 며칠 동안의 중환자실 치료를 마친 후 다시 내려가면 일주일을 버티지 못하고 중환자실로 돌아왔다.

"할아버지, 눈 떠봐요."

"응."

"눈을 좀 떠봐요! 우리 눈 마주쳐요."

"응응."

"할아버지, 피곤해요? 눈 뜨기 힘들어요? 도대체 왜 눈을 안 떠요?"

다시 마주친 할아버지는 눈을 힘주어 감은 채 대답만 할 뿐이었다. 혹시나 본인은 뜨고 싶으나 의식 저하가 있어 눈이 떠지지 않는 것인가 싶어 간절하게 할아버지에게 질문했다. 다급하게 중환자실 밖에서 대기하고 있던 할머니에게 가서 어찌 된 상황인지 물었다. 상태가 안 좋아져서 중환자실로의 전실이 다시 결정된 후에 병동에 있는 짐을 싸기 시작하니 할아버지는 집으로 가는 줄 알고 손뼉을 치며 엄청 좋아하셨다고 한다. 하지만 서둘러 도착한 곳은 집이 아니라 중환자실이었다. 할아버지는 허탈해서 그런지, 속상한 마음을 그렇게 표현하는 것인지 며칠간 두 눈을 꼭 감은 채 대답했다. 자기 마음을 다스리기 위해서였을까? 나오는 눈물을 감추기 위해서였을까?

오랜만에 대학 동기를 만나 또 다른 할아버지 이야기를 들었다. 자신의 병동에 할아버지 환자가 없어져 샅샅이 찾아다닌 적이 있다고 했다. 암에 걸린 할아버지는 주기적으로 항암치료를 받았다. 전이가 진행된 탓에 수술을 진행해도 많은 희망을 기대하긴 어려웠다. 할아버지는 자신의 상황을 받아들인 것인지 거듭되는 치료를 원하지 않았는데, 보호자들은 생각이 달랐다. 적극적인 치료를 원했다. 가족들이 할아버지 손을 잡고 병원에 데리고 왔고, 할아버지는 원치 않는 치료를 받아야만 했다. 그러던 어느 날 갑자기 할아버지는 가족에게 말도 하지 않은 채 증발이라도 하듯이 사라졌다. 할아버지의 보호자들과 간호사들이 구석구석 찾아보았지만, 병원 그 어디에서도 찾지 못했다. 나중에 보호자가 부랴부랴 집에 가보니 할아버지가 병원복을 그대로 입고 집에 계셨다고 한다. 치매나 정신질환을 가지고 있지 않던 할아버지가 오죽하면 병원을 도망치듯 나와 택시를 타고 집으로 향했을까? 다음 항암치료 예정일에 할아버지는 가족의 손에 이끌려 병원에 다시 입원했다고 한다.

임종을 앞둔 환자들이 의식이 있을 때 '집에 가고 싶다'는 말을 할 때가 있다. 사람에겐 마지막 순간에 가장 편하고 익숙한 공간으로 돌아가고픈 본능이 있는 게 아닐까. 불행하게도 현대인들은 병원에서 태어나 병원에서 인생의 마지막을 맞이한다. 집에서 사망해도 결국 병원을 거쳐 사망선고를 받아야만 한다. 출산할 때 집에서 아이를 낳는 프로그램도 있던데 임종은 그런 시스템이 없다. 병원이라는 곳이 생기기 전에는 집이 죽음의 장소였다. 하지만 사회가 발달하면서 시신에 방부처리해 화장하는 현대의 장례 서비스가 우리의 마지막 안락을 빼앗고 있다. 우리에게 죽음을 선택할 권리는 없지만 삶의 마지막 장면을 스스로 완성할 기회라도 주어질 수 있기를 바라본다.

가끔 죽음을 떠올린다

정신없는 중환자실. 누군가는 들어오고 누군가는 병실로 가고 누군가는 관에 누워 중환자실을 나간다. 오늘따라 이 상황들이 회오리처럼 지나간다. 나는 그 자리에 서서 멍하니 바라볼 뿐이다. 사람들은 본능적으로 죽음을 피하고 싶어 한다. 왜 죽음은 부정적인 이미지일까? 살아 있는 누군가는 말해줄 수 없는 미지의 세계라서 그럴까?

나 또한 처음 중환자실 간호사가 되었을 때 죽음을 피하고 싶었다. 그런 상황이 벌어질 때면 숨이 턱턱 막혔다. 임종 간호를 해야 하는데 나의 눈은 어디를 향해야 할지 몰랐다. 첫 책의 제목인 《무너지지 말고 무뎌지지도 말고》는 죽음을 바라보며 나온 제목이었다. 죽음에 대해 무뎌지기를 바라면서도 그러지 않았으면 싶은 마음이 있었다. 많은 누군가의 죽음 앞에서 내가 무너지지 않기를 바랐다. 그런데 해가 갈수록 내가 죽음에 무뎌져 간다는 생각이 들었다. 무뎌지지 않기를 그렇게 바랐는데 무뎌져 가는 나의 모습을 보니 슬펐다. 더 이상 눈물이 나지 않는 스스로가 무서웠다. 감정을 느끼지 못하는 것 같아서.

하지만 지금은 안다. 감정보다는 간호사로서 지금 내가 해야 하는 일들을 잘 처리하는 것이 그 사람과 가족에 대한 예의라는 것을. 누군가는 해야 할 일을 잘 처리하고 있는 것이라고. 죽음이 아무렇지 않은 것이 아니라 그 상황에서 내가 해야 할 역할에 집중하는 것일 뿐, 일을 마무리하고 집에 가서 긴장이 풀리면 다시 생각이 난다. 그 당시에 느끼지 못했던 감정들이.

죽음을 일상생활에서 가까이 본다는 것은 의미가 있다. 사람들은 죽음이 확정되고 나서야 삶에 대한 태도가 변한다. 시간의 유한함을 자각한다. 그런 점에서 우리는 죽음을 특별하게 생각한다. 죽어가는 이들이 마지막에 하는 말에서 삶의 힌트를 얻기도 한다. 자신의 삶에서 가장 중요한 것이 무엇이었는지. 누군가는 사랑을, 감사를, 미안함을, 무언가 하지 못한 후회를 남긴다. 죽음과 가까운 사람들이 다 의미 있고 가치 있게 사는 것은 아니지만 확실한 건 죽음을 많이 접할수록 우린 삶을 돌아볼 기회가 더 자주 생긴다. 우리는 안다. 결국 우리는 미래의 시신이라는 것을. 죽음은 철저히 혼자 떠나야 한다는 것을. 매일은 아니지만 자주 죽음을 생각한다.

'나의 시간도 유한하다.'
'나는 내 삶을 온전히 경험하고 있나?'
'지금 나의 삶에 최선을 다하고 있나?'
'지금 나의 삶에 만족스러운가?'

동료 선생님과 저녁을 먹는 중에 '젊은 나이에 하지 않으면 가장 후회할 것 같은 일'이 무엇인지 질문을 받았다. 나는 명쾌히 대답했다. "없어요. 제가 내일 죽을지도 모르는데 당장 해야죠?" 그 질문의 여운이 퇴근하고 독서 모임을 가는 동안에도 계속됐다. 나는 후회 없이 최선을 다해 살고 있는지. 독서 모임의 1부에는 주제를 정해서 15분 동안 글을 쓰는데, 무슨 운명이었는지 이날의 주제는 '다시 태어나면 하고 싶은 것'이었다. 한참을 깊이 생각해보았다. 다시 태어나도 딱히 다른 걸 하고 싶지 않았다.

몇 년 전 너무 힘들기도 하고 나의 젊은 시절을 이렇게 보내기가 아까워 직장을 그만두려고 했다. 오랜 시간 고민했고 여러 번 직장에 의사를 표현했지만 상황상 그만두지 못했다. 더 적극적으로 시행할 수도 있었지만, 지금 생각해보면 그만두지 않았던 게 다행이다. 그때의 나는 욕망만 앞서고 미성숙했다. 성인이 된 이후로 나는 예정보다 시간이 더 걸릴지언정 목표하던 것을 거의 이뤘다. 아쉽게 못 이룬 일들은 나의 무의식 속에 계속 자리 잡고 있다가 결국은 빛을 보게 된다.

그러니 나는 다시 태어나도 달리 하고 싶은 게 없다. 만약 내일 죽는다고 해도 하고 싶은 일을 하는 오늘 하루를 찐하게 느끼고 싶다. 그 과정에서 찡찡거리다 나오는 짠 눈물도, 지친 마음에 솔솔 불어오는 바람도, 생생하게 마음에 새기고 싶다. 이 또한 내가 만들어가는 길이니까. 지금 뭔가를 이루진 못해도 그걸 향해 가는 길이니까. 결과만이 삶이 아니라 과정까지 포함한 것이 목표이고 삶이니까. 그렇기에 이 생애에 내가 늘 진심이길 바란다.

 **나에 대한 책임감**

　직장 생활을 한 지 어느덧 9년 차가 되었다. 오늘로 2,936일이다. 많은 날들을 지나오면서 여러 번의 고비가 있었다. 문득 그런 생각을 해본다. 그때마다 내가 그만두지 않고 버틴 이유는 무엇이었을까?

　처음에는 가족이라고 생각했다. 어린 시절 부모님이 두 분다 아프셔서 병원 생활을 꽤 오래 하셨다. 엄마가 아플 땐 아빠가 간호를 했고, 아빠가 아플 땐 엄마가 간호했다. 어려운 시절이었다. 엄마도, 아빠도 내 인생에서 사라질 수 있음을 경험한 것이다. 아빠가 위암 4기로 수술을 하실 때 간절히 기도했다. 나의 모든 것을 내어드릴 테니 제발 살기만 해서 내 옆에 있게 해달라고. 정말 간절히 기도했다. 그렇기에 나에게는 가족이 모든 것을 뛰어넘는 우선순위였다. 나의 전부였다. 가족 말고는 아무것도 나에게 가치가 없었다.

하지만 그것만이 이유라기엔 뭔가 부족하다. 무엇이었을까? 9년 차 간호사가 된 지금 생각으로는 '나에 대한 책임감'이 버팀목이었다. 내가 나를 포기하고 싶지 않았다. 나를 힘들게 하는 그 누군가가 내 삶에 점이 되는 것이 싫었다. 그 점 하나가 찍혀 나의 목표를 수정하고 싶지 않았다. 절대 그런 의미 있는 자리를 내어줄 수는 없었다. 그리고 세상에 정해진 답은 없다. 각자의 답이 있을 뿐이다. 내가 무언가로 인해 멈춘다는 것은 내 답이 틀렸고 상대방의 답은 옳다고 인정하는 것이었다. 내가 내 삶에 진심이라면 내 답도 가치가 있고 언젠가는 인정받을 수 있지 않을까? 그 시간까지 인내하고 기다리는 것이 나에 대한 책임감이라고 생각했다.

나는 부당한 일을 오래 참지 못한다. 꼭 말하고 넘어가야 한다. 사회 초년생 때는 곧이곧대로 내 생각을 말했다. 그 후 폭풍은 정말 오래갔다. 걸핏하면 부모님 욕을 하는 사람에게 왜 그렇게 말하느냐고 따지지는 못했지만, 혼난 후에 얼굴이 굳은 나에게 '표정 관리'하라는 말에 "그럼 이 상황에서 웃어야 하는 건가요?"라고 반문했다. 내가 한 행동에 살이 붙었고 나와 직접적인 관계가 없는 다른 사람들에게 배척을 당하기도 했다. 아무도 나에게 진실을 묻지 않았고 그 사람들에게 나는 그냥 '싹수없는 요즘 애'였다.

스물네 살짜리에겐 너무나 속상했다. 내가 의도치 않은 일들이 벌어졌지만 그래도 그렇게 행동한 나를 믿어줘야 한다고 생각했다. 도망가는 것이 아니라, 내가 한 행동의 결과에 책임을 져야 한다고 생각했다. 내 자리를 벗어나지는 않았지만 그 힘을 다 감당하기에, 그때의 나는 미숙했고 흔들렸다. 사회생활을 하며 문제가 생길 때마다 늘 저자세를 취하는 동기를 보면서 "너처럼 하는 게 맞는 것 같다"고 말했다. 나도 그 동기처럼 해보려고 몇 번 시도했다. 그럴 때마다 심한 무기력과 우울을 경험했다. 그래서 있는 그대로의 나를 인정하기로 했다. 내가 나를 인정하지 못하면 누가 나를 인정해줄까. 그 대신 나에 대한 책임도 다하기로 했다.

환자가 열이 나는 것 같다고 하여 열을 세 번이나 재서 확인시켜줬는데도 불구하고 트집을 잡는 보호자에게 체온계를 주고 재보라고 해 민원이 걸렸다. 무조건 사과하라는 병원 측과 무릎 꿇고 사과하라는 보호자 앞에서 나는 절벽 끝에 몰린 느낌이었다. 코로나 격리 환자가 탈출하겠다며 나를 이리저리 밀치고 목을 졸랐을 때도, 아니 땐 굴뚝에 연기 나겠

느냐며 사실이 아닌 소문으로 마녀사냥을 당했을 때도, 선배 간호사가 부모님 욕을 하며 태웠을 때도 그랬다.

그때 여기서 트라우마가 남았다고 인정하고 물러선다면 지금까지 내가 울며불며 버텨낸 경력을 무로 만들어버리는 것이었다. 멈추는 순간, 나는 더 이상 환자를 보지 못하겠다는 것을 인정하는 꼴이었다. 내가 잘못한 것이 없는데 힘들다고 멈춰버리면 한순간에 나의 20대를 날리는 것만 같았다. 하지만 그 상황에서 버텨내는 것 또한 나를 절벽으로 밀어내는 것이었다. 무엇을 선택하든 나에게 치명적이었다. 그리고 가장 사무치게 억울했던 건 내가 잘못한 것이 없다는 사실이었다. 그럼에도 나는 나를 책임져보기로 결심했다. 예전의 나처럼. 내가 생각지도 못했던 방향들로 흘러갔지만 그래도 그 자리를 지켜내 보는 것. 그렇게 이겨낼 수 있다고 나를 굳게 믿기로 했다.

과거의 경험들은 좋든 좋지 않든 분명 나에게 거름이 되었다. 그때마다 나는 나에 대한 책임감을 떠올렸다. 그때의 나는 간호사가 된 것을 후회했지만, 지금의 나는 간호사가 되지 않기로 선택했다면 후회했을 것 같다. 나의 삶은 간호사가 되기 전과 후로 나뉘니까. 확실한 건 간호사가 되고 나서 삶을 더욱 진하고 깊게 살고 싶어졌다는 것이다.

4장

간호사의 자리는
절대 불이 꺼지지 않는다

간호사에게
간호사는 없다

"간호사, 여기 흡입치료 해줘."

"보호자분, 아까 하는 방법 설명해드렸잖아요. 지금 너무
바빠서⋯⋯."

"이거 다 병원비에 포함된 거 아냐? 빨리 와서 해줘."

가끔 궁금하다. 우리가 하는 사소한 일들이 다 병원비에
포함되는 것인지. 사소한 일을 수행하는 시간은 누군가의 생
명을 구할 골든 타임을 빼앗거나 누군가를 더 악화시킬 수도
있다. 간호사가 밥 먹을 시간이나 화장실 갈 시간을 빼앗기
도 한다. 물론 싫은 소리 듣지 않도록 그냥 해주는 방법도 있

151

다. 하지만 우리에겐 늘 시간이 부족하다.

2020년 기준 미국은 간호사 한 명당 환자 5.4명을 본다. 한국은 19.4명을 본다. 거의 네 배에 달하는 숫자다. 우리나라는 19세기 말에 내한했던 영미권 선교사들의 지원으로 보건의료사업과 간호사 양성과정이 확립되었다. 영미권의 체계를 이식하여 병원이 운영되고 있지만 일제 군대식 문화가 남긴 태움 문화, 낮은 의료수가 등의 구조적 문제가 겹쳐서 완전한 영미권 방식을 따르진 못했다. 그리고 이러한 문제는 '장롱면허'를 불러왔다. 면허 소지자 중 40퍼센트만이 간호사를 하고 있다. 이런 인력 부족 문제를 해결하기 위해서 간호대학의 정원을 늘려 합격률이 94퍼센트를 넘어섰고, 그 결과 많은 간호사들이 배출되었다. 문제는 그래도 활동 간호사가 적다는 것. 이에 따라 정부는 간호대학의 편입을 필수 과목을 배우는 2학년부터가 아닌 3학년부터 시행하자는 안건을 내놓았다. 기본 중에서도 기본을 가르치지 않고 인력만 배출하겠다는 것이다. 간호조무사들을 간호사로 대체하겠다는 대안도 있었다. 의사는 간호사로 대체될 수 없고, 간호사도 간호조무사로 대체될 수 없다. 엄연히 일의 영역이 다르기 때문이다.

인력 부족은 곧 환자의 안전과 직결된다. 간호사의 업무는 환자의 간호 요구에 대한 관찰, 자료 수집, 간호 판단 및 요양을 위한 간호, 의사 진료의 보조, 간호 요구자에 대한 교육·상담 및 건강증진을 위한 활동의 기획과 수행 등이 있다. 환자에 대한 자료를 수집하고 판단해서 의사에게 보고한다는 것은 최소한 의사의 기본 지식만큼은 알아야 한다는 뜻이다. 알아야 보인다. 환자가 보내는 시그널을 알아볼 수 있어야 골든 타임 사수가 가능하다. 그래서 경험이 쌓인 경력 간호사들이 현장에서는 절실히 필요하지만, 현실은 직업에 대한 회의로 5년 내에 사직하는 경우가 많다. 이러한 무한 굴레에서 인력 부족이 생겼고 병원의 빈자리는 다시 신규 간호사로 채워지고 있다.

이름만 대면 다들 아는 상당히 인지도 있는 대형 병원들도 진료 수입만으로는 병원 운영이 어려워서 주차장, 매점, 장례식장 등의 진료 외 수입으로 연명하고 있다. 현실적으로 간호사의 처우를 개선하기 어렵다는 이야기도 있다. 정책 없이는 해결되지 않을 문제들이다. 간호사도 돈 벌려고 다니는 것이 직장이고 그게 병원일 뿐이다. 나와 내 가족의 생계를 해결할 수 있어야 사명감도 생기는 것이 아닐까. 스스로를 깎아먹으면서 병원에 다닐 필요는 없다. 내 생명은 내가 살려야 한다.

현재 우리나라는 간호사는 있지만 간호법은 없다. 간호사
는 있지만 간호사를 간호해주는 간호사는 없다. 간호사는 있
지만 간호사들의 권리는 지킬 수 없다. 우리는 어디서부터
시작되었는지 모를 출혈로 오랫동안 지독한 빈혈에 시달리
고 있다.

아줌마도 아가씨가
될 수 있는 공간

"아가씨~"

"아가씨 아니고 간호사예요."

"아, 그니까 아가씨~"

"여기에 아가씨 없어요."

그러자 환자는 짜증 섞인 악담을 쏟아낸다. 간호사가 가장
싫어하는 말이다. 아가씨. 병원이 아닌 곳에서, 내가 간호사
가 아닌 공간에서 아가씨라는 말을 들었다면 사회에서 젊은
여자를 부르는 통용어이니 당연하게 받아들였을 것이다. 그
러나 병원 안에서는 아니다. 나의 직업은 아가씨가 아니다.

한 번은 그럴 수 있다고 생각한다. 하지만 호칭을 바로잡아 주었는데도 두 번, 세 번 부르는 것은 받아들일 수 없다. 학부모 상담에 가서 담임 교사를 아가씨라고 부르는 것이 부적절한 것처럼 우리도 그렇다. 1980년대에 간호사로 명칭을 변경했음에도 여전히 우리는 아가씨로 불리고 있다. '간호원'이라 불리면 그나마 다행이라고 생각될 정도다.

요양보호사 공익광고는 '아줌마 No, 요양보호사님 YES'라는 슬로건을 내세우며 대대적으로 홍보를 벌이기도 했다. 방송에서 안무가이자 댄서로 유명한 배윤정이 말하기를 예전에는 댄서라는 개념조차 희박해 공연 중간에 쉴 때도 땅바닥에 앉아 쉬어야만 했다고 한다. 하지만 요즘에는 댄서들의 위상이 높아져 직업으로서 인정받고 있다는 말을 들으며 나는 한숨을 쉬었다. '간호 담당자'라는 뜻의 '간호원'에서 전문성을 존중하는 '간호사'로 바뀐 지가 언제인데 아직도 '아가씨'를 찾고 있는 것일까? 오늘도 여전히 병원 여기저기서 '아가씨'를 찾아대자 한 간호사가 말한다.

"어머, 애들아 나보고 아가씨란다. 어우, 환자분 같게요."

중고등학생 딸들이 있는 선배 간호사가 아줌마 아닌 아가씨로 불렸다며 재치 있게 넘긴다. 아이러니하게도 우리 병원은 아줌마가 아가씨로 둔갑할 수 있는 공간이다.

타인을 위한 삶

간호사가 되고 난 후 가장 크게 바뀐 태도가 있다. 나보다는 타인을 우선시한다는 것. 내가 아파도 약을 입에 털어 넣고 아무 일 없었다는 듯이 출근한다. 근무를 마친 후 병원에 가서 수액을 맞고도 몇 시간 후면 출근해서 환자를 본다. 병가를 내면 나 대신 누군가 출근해야 하기에 동료 간호사 생각이 먼저다. 아픈 '나'보다 아픈 '환자'가 먼저다. 아픈 '나'보다 '동료의 휴일'이 먼저다.

하루는 나이트 근무를 하는 도중 몸 컨디션이 급격히 나빠졌다. 핫팩을 대고 따뜻한 물을 마셔도 몸이 추워 부들부들 떨리기 시작했다. 근무하는 도중이니 아무도 나를 대신해

줄 사람이 없었다. 온몸이 무너지는 듯했다. 혹시나 해서 들고 다니는 비상약을 입에 털어 넣고 야식도 든든히 먹었지만, 시간이 지날수록 몸이 축축 늘어지고 행동은 느려졌다. 집중이 되지 않았다. 눈을 부릅뜨고 일을 겨우겨우 마무리한 후 퇴근했지만 그 시간엔 문을 연 약국도 없었다. 응급실을 갈까 생각도 했지만 그냥 몸살 기운으로 가기엔 눈치가 보여 집으로 바로 갔다. 자꾸만 감기려는 눈을 겨우 뜬 채로.

한여름이었지만 내 몸은 한겨울 같았다. 방에 보일러를 최대한 틀고 온수 매트 온도를 한참 올려둔 후 뜨거운 물에 쪼그리고 앉아 몸을 녹였다. 그래도 으슬으슬 한기가 감돌았다. 해열제를 한 번 더 털어 먹은 후 잠을 청했다. 몇 시간이나 잠들었을까? 자면서도 느꼈다. 집 안의 온도가 후끈거릴 정도로 더웠다. 하지만 내 의지와 상관없이 몸이 덜덜 떨렸다. 한참을 떨고 나서야 눈이 떠졌다. 분명 씻고 머리를 말리고 잤는데도 방금 감은 것처럼 머리카락이 잔뜩 젖어 있었다. 그 와중에도 졸리는 눈을 이길 수 없어 다시 눈을 감고 잠을 청했다. 이때까지만 해도 잠을 충분히 자지 않아 그럴 거라고 생각했다. 시간이 흘러 다시 눈을 떴을 땐 한기는 덜했지만 옷이 땀으로 흠뻑 다 젖어 있었다. 몇 시간 후면 당장 나이트 근무를 서야 하는데 몸이 축축 늘어져 도저히 못 갈 것 같았다. 보통 직장인들은 이런 상황이면 출근하기 어렵겠다고 회사에 전화하겠지만 간호사는 다르다. 쓰러져도 병원에서 쓰러진다는 마인드가 있다.

서둘러 외투만 챙겨 입은 채 집 앞 3분 거리인 병원을 향했다. 바로 코앞의 병원이지만 체감상 15분 넘게 걸린 것 같았다. 대학병원 응급실에는 중증도가 진짜 높은 사람들이 온다는 것을 알기에 그 와중에도 눈치가 보였다. 하지만 그 상황에선 가장 가까운 병원이기도 했고 치료받다가 가장 빨리 출근할 수 있는 곳이었다. 병원에 도착해 간단한 피검사, 흉부 엑스레이 검사를 한 후 해열제를 맞으며 부족한 잠에 빠져들었다. 아주 따뜻하고 아늑한 잠이었다. 이제야 잠에 빠진 듯한데 시간이 많이 지났는지 누군가 나를 흔들어 깨웠다.

"선생님, 눈떠보세요. 해열제는 다 들어갔는데 수액 더 드릴까요?"

시계를 보니 몇 분 후면 출근 시간이었다. 역시 먹는 약보다는 주사제가 효과가 빠르긴 했다. 열은 언제 났냐는 듯이 내려갔고 몸도 날아갈 듯 가벼웠다. 출근 시간이 얼마 남지 않아 나를 대체할 사람을 찾는 것은 무리였다. 약 기운으로 여덟 시간쯤은 근무할 수 있을 것 같았다. 혹시 잘못되더라도 가장 잘 처치받을 수 있는 공간이 병원이니 출근하기로 결정했다. 병원비 정산을 하고 걸음을 서둘렀다.

　이런 일이 반복될수록 나의 삶에서 '나'라는 주체는 점점 지분율이 낮아졌다. '타인'이라는 객체만 신경 쓰면서 내가 아닌 타인에게 인정받기 위해 노력했던 것이다. 나 스스로에게 인정받고 싶은 욕구는 배제된 채. 나 자신의 눈치는 보지 않은 채.

　늘 내가 좀 더 손해 보는 게 편했다. 내가 피곤해도 상대방이 피곤하지 않기를 바랐다. 쉬고 싶어도 쉬고 싶다는 말을 하지 못했다. 나랑 같이 시간을 보내고 싶어 하는 친구가 있다면 기꺼이 혼자 쉬고 싶은 마음을 접었다. 친구가 육아 때문에 힘들어하면, 나의 쉬는 날을 기꺼이 반납하고 같이했다. 늘 내가 하고 싶은 것보다 상대방이 하고 싶은 게 먼저였다. 그러다 문득, 내가 어떤 사람인지 모르겠다는 생각이 들었다. 난 색이 굉장이 진한 사람이었다. 원하는 것은 늘 확실히 말하는 사람이었다. 그런 내가 무채색이 되어 있었다. 늘 뭔가의 욕구불만에 시달리는 사람이 되어 있었고 늘 뭔가에 짜증 내는 사람이 되어 있었다.

　나는 필요했다. 타인을 생각하는 만큼 나를 생각하는 것을. 타인을 많이 배려하면서 살고 싶지만 그 타인을 배려하는 것도 일단 내가 바로 서야 가능한 일이었다. 내 곳간에 퍼줄 것이 있어야 했다. 그러려면 그 전에 내 곳간을 먼저 채워야 했다. 타인을 생각하는 것만큼 나를 먼저 생각해야 하고 타인을 이해하고 싶으면 그만큼 나를 먼저 이해해봐야 하는 것이었다. 많이 바라는 것도 아니고 딱 타인을 생각하는 만큼 말이다.

고장 난 감정

중환자실. 이곳의 공기는 무겁다. 마음을 짓누르는 무거운 공기. 꺼져가는 희미한 목숨을 보고 있노라면 숨이 턱 하고 막힌다. 이곳은 하루에도 여러 명, 최소한 2~3일에 한 번은 누군가 죽음을 맞이하는 공간이다. 사람들은 '죽음' 하면 어떤 생각과 느낌이 들까? 난 여전히 누군가의 죽음을 마주할 때 눈물이 차오르곤 한다. 누군가의 삶의 마지막이 너무나 안타깝다. 자신이 해보고 싶은 것의 몇 퍼센트나 해봤을까? 자신의 죽음을 받아들인 상태에서 간 것일까? 만약 나라면 저 상황에서 어떤 생각을 할까? 우리가 뉴스나 드라마를 보며 격분하고 공감하는 것은 나 자신이 그 스토리 속으로 들어가기 때문이다. 나 또한 다른 사람의 죽음이라는 상황 속으로 나도 모르게 들어간다. 내가 원하지 않아도 그렇게 된다. 나와 동고동락하며 애증의 스토리를 쌓아갔던 환자가 사망할 땐 허망하기 그지없다. 환자의 숨은 이 세상에 원래 존재하지 않았던 것처럼 순식간에 사라졌지만 나의 남은 감정은 길을 잃고 방황한다. 더 이상 볼 수가 없다. 이때 내가 할 수 있는 건 다른 환자를 위해서 감정을 외면하는 것이었다. 그렇게 외면당한 감정들이 마음의 빚처럼 차곡차곡 쌓여갔다.

그렇게 쌓였던 감정이 어느 날 갑자기 폭발했다. 보통은 내가 맡던 환자가 아니면 그의 사연이나 치료 과정을 모르기 때문에 임종의 장면이 아무렇지 않게 느껴진다. 그런데 그날은 평소와는 다르게 임종 과정을 맞이하는 환자를 보며 감정이 증폭되었다. 목구멍으로 뭉친 털들이 올라오는 것 같았다. 눈을 아무리 크게 뜨고 떴다 감았다 해도 물이 고였다. 당연하지 않은 이 모습을 들키는 것이 싫었다. 화장실을 왔다 갔다 하며 목으로 차오르는 감정을 꿀꺽꿀꺽 삼켜야 했다. 그동안 억눌렸던 감정이 뒤죽박죽 실타래처럼 엉켜버린 것일까.

그때부터였다. 내 감정이 고장 났다고 느껴졌던 때가. 웃음은 사라진 지 오래였고 예능 프로그램을 보면서도 눈물이 뚝뚝 흘렀다. 무슨 내용이냐고 물어보면 대답조차 하지 못했다. 내용이 기억나지 않았다. 4년 차가 되던 해였다. 특별한 고민도 슬픈 일도 없었던 당시의 상황이 당황스러웠다. 죽은 시체가 사람인 척했다. 아니다. 시체는 상황과 반대되는 감정을 표현할 수 없으니. 고장 난 신호등 같았다. 초록색과 빨간색의 불빛은 한참 전에 꺼졌고 주황색 불빛만 깜빡였다. 초조하고 불안했다.

외면당한 감정은 어떻게 해야 했을까? 임종을 하고 나면 그 자리는 다음 환자를 위해 빠르게 채워진다. 다른 누군가를 살리기 위해. 그 당시 내 감정은 외면해야만 한다. 하지만 집에 오면 그 감정이 떠오르곤 했다. 그 잔흔을 지우고 싶어 다른 것들로 채워나갔다. 생각하고 싶지 않았다. 나를 다시 그 회고의 자리로 데려가고 싶지 않아 노래를 듣고, 예능을 보고 드라마를 봤다. 친구랑 몇 시간을 통화하기도 했다. 있었던 일을 떠올리고 싶지 않아서 외면했다.

이제 와서 그때의 나를 다시 생각해보니 나는 지속된 감정 외면으로 감정인지, 감정표현 장애를 안고 있었다. 고통스러운 부정적 감정을 지속적으로 느끼게 되면 의식은 몸으로부터 감각 정보를 차단하는 습관을 지니게 된다고 한다. 이 습관이 오래 지속되면 감정인지 능력과 조절 능력에 심각한 장애가 발생하고 내 몸이 나에게 하는 말을 알아듣지 못하게 된다. 늘 감정은 숨겨야만 하는 작은 악마처럼 여겨진다. 표현되지 못한 감정은 어느 순간 증폭되었다. 그런 모습에 당황스러운 느낌 역시 표현되었어야 하는데 나는 작은 악마를 숨기는 데 급급했다. '수리 중'이라는 팻말을 붙이고 수리하고 싶었지만 수리공이 없었다.

감정이 고장 났다는 것을 인식했을 때 수리를 시작했어야 한다. 너무 늦게 시작하려니 몇 년이 걸렸다. 현재도 진행 중이다. 처음에는 그저 내 감정을 표현해봤다. 예쁜 것을 예쁘다고 말하고, 화가 나면 화가 난다고 말했다. 욕심이 나면 욕심난다고 표현했다. 나의 욕구를 있는 그대로 받아들이고 표현했다. 부작용도 조금 있었다. 예뻐 보이는 게 너무 많아져 없던 소유욕이 생겨났다. 그래도 그 감정을 잘못되었다고 숨기지 않고 인정했다.

감정을 인정하는 연습 다음 단계로 내 감정을 좀 더 깊이 탐구해보았다. 화가 났다면 '왜 화가 났을까?'를 생각했다. 처음엔 가까운 사람들에게 내 감정을 설명하고 이해받기 위한 것인데 나중에는 이렇게 사고하는 것이 감정 인식이고 나와의 대화라는 걸 알았다. 해독이 필요한 시그널이었다. 자기 자신을 더 잘 알 수 있도록 하는.

자기 감정을 잘 인식해야 자신이 무엇을 원하는지 알고 삶의 방향성이나 목적, 의미를 부여할 수 있다. 그래야 자기 자신에게 알맞은 선택을 할 수 있다. 자기가 원하는 것을 잘 알고 행해야 행복감이 높아진다. 감정을 제대로 인식하는 것, 그게 나의 고장 난 감정을 수리한 방법이었다.

권한 없는 보호자

"선생님, 아까 ○○○님 간호 정보 조사할 때 보호자가 배우자 아니고 동거인이었어요?"

"아, 네. 배우자요."

"아니, 내 말은 법적인 배우자가 아니라 동거인인 걸 알고 있었냐고 묻는 거예요."

"아, 네. 알고 있었습니다."

"아. 그럼 저한테 법적인 배우자가 아니라 동거인이라고 말을 해줬어야죠. 동거인은 동의서에 서명해도 법적 효력이 없다는 거 몰랐어요?"

"아······ 몰랐습니다. 죄송합니다."

새로운 환자가 왔다. 병원마다 다르겠지만 우리 병원은 새로운 환자가 오면 담당 간호사가 환자에 대한 처방을 받고 처치를 하며, 신규 간호사는 보호자에게 중환자실에 대한 전반적인 안내와 간호 정보 조사를 시행한다. 보호자에게 환자와의 관계를 질문했을 때 배우자라고 하자 신규 간호사가 별생각 없이 동의서에 서명을 받아 담당 간호사에게 전달했는데 알고 보니 법적 배우자가 아닌 동거인이었던 것이다. 사실혼 관계도 법적으로 인정해준다고 하지만 아직은 확실히 정해진 기준이 없다. 나도 간호사가 되어서야 이 사실을 알고서 배우자라고 하면 "실례가 될 질문이기도 하지만 법적 배우자일까요?"라고 한 번 더 묻게 되었다.

사회가 발전하면서 사람들이 살아가는 단위가 변해간다. 대가족에서 핵가족으로, 한부모 가족과 1인 가구까지. 그리고 요즘 젊은 사람들은 결혼이 필수가 아니라 선택이 되었다. 결혼 후 혼인신고도 필수가 아니라 선택이 되었다. 동거에 대한 인식도 많이 변했다. 예전에는 배우자라고 하면 당연히 법적인 배우자를 생각했다. 하지만 요즘은 가족 형태가 다양해진 탓에 한 번 더 정확하게 확인해야 한다.

병원에서 일하면서 놀란 것 중 하나가 혼자 살아가는 사람들이 생각보다 많다는 사실이다. 근무 부서가 외과계 중환자실이다 보니 급하게 수술을 진행해야 하는 경우가 많았다. 보통 중환자실에 올 정도면 의식이 없는 경우가 많아 보호자가 서명하곤 한다. 동의서는 법적으로 인정받을 수 있는 보호자만 가능하다. 사회에서 가족의 형태는 다양하게 변했지만 법은 따라가지 못해 참 아이러니한 상황이 많이 발생한다. 예컨대 경찰을 동원해도 보호자를 찾지 못하거나 보호자가 없는 경우도 있다.

함께 사는 가족이 없어 쓰러진 지 하루가 지나서야 발견된 할아버지가 있었다. 옆집 할머니가 며칠째 연락이 되지 않아 찾아가 보니 쓰러져 있었다고 했다. 뇌졸중이 생겨 몸 오른쪽에 힘이 들어가지 않고 자꾸 자려는 증상을 보여 급하게 119를 통해 응급실을 찾았다. 수술을 진행하려고 했으나 보호자가 없었다. 원무과에 보호자를 찾아달라고 부탁하고 그동안 중환자실에 입실해서 경과 관찰을 할 계획이었다. 그런데 보호자는 쉬이 찾아지지 않고 환자는 빠르게 악화되어 갔다. 할아버지가 자꾸만 자려고 해 억지로 잠을 깨우고 있었다. 보호자를 사방팔방 찾았으나 결국 원무과에서 돌아온 대답은 결혼한 적이 없고 정말 보호자가 아무도 없다는 것이었다. 당장 수술해야 하는데 의식이 온전하지 않은 환자에게 직접 서명을 받을 수는 없으니 고민 끝에 주치의는 의료인 두 명의 서명을 받고 수술을 진행했다.

환자를 데리고 온 옆집 할머니가 유일하게 환자에 대해 아는 사람이었다. 이 상황에 대해 간략하게 설명하고 수술실을 향해 환자의 침대를 밀고 뛰어 들어갔다. 지체할 시간이 없었다. 몇 시간에 걸친 수술이 끝나고 환자는 중환자실로 돌아와 집중적인 치료를 받았다. 의식은 점점 돌아왔고 힘이 떨어지던 몸의 오른쪽이 스스로 움직일 수 있을 정도로 천천히 회복하고 있었다.

주말이 지나고 월요일 아침이었다. 나는 의사들의 회진과 쏟아지는 처방을 시행하느라 바빴다. 또 중환자실 자리를 알아보는 전화와 보호자들의 끊임없는 초인종 소리에 대응해야 했다. 이런 것들이 싫어 주말 근무를 바란 적도 있다. 설상가상으로 다급한 목소리가 들렸다.

"CPR(심폐소생술)이요!"

하던 일을 내던지고 소리 난 곳으로 달려갔다. 한 명은 가슴압박을 시행하고 있었고, 담당 간호사는 담당의를 찾고 병원 내에 코드블루 방송을 했다.

"코드블루, 코드블루, 외과계 중환자실. 코드블루, 코드블루, 외과계 중환자실."

스피커를 통해 위급상황을 알리는 방송이 퍼져나갔다. 그
사이 다른 간호사는 기관 내 삽관을 준비했고 또 다른 한 명
은 응급 약물을 가져왔다. 곧이어 천국 문이 열리듯 중환자
실 문을 통해 심폐소생술을 하기 위한 의료진들이 뛰어 들어
왔다. 그사이 밖에서는 환자 보호자들이 북새통을 이루며 열
린 문틈으로 중환자실 내부를 힐끗거렸다. 전화가 울리고 중
환자실 밖에선 인터폰이 계속 울렸지만 나가서 응대할 시간
이 없었다. 다들 환자를 살리기 위해 정신없이 사투를 벌이고
있었을 때, 중환자실 밖에서 귀를 찌르는 고성이 들려왔다.

"아니, 내가 보호자인데! 왜 환자를 못 보게 하냐고!"

'심폐소생술 중인 보호자구나' 생각하며 내가 해야 할 일
을 찾아 정신없이 뛰어다녔다. 그 와중에도 귀는 계속 바깥
의 고성에 곤두섰다.

"아니, 내가 보호자라고! 내가 환자 데리고 왔잖아. 저 사
람 보호자 없는 거 다 들었잖아. 내가 보호자라니깐? 환자 어
떤지 말해달라고!"

고함이 계속되는 사이 심폐소생술이 종료되었다. 정리를
하고 나서 보니 고함치던 보호자는 내 환자의 보호자였다.

도대체 무엇 때문에 소리를 질렀나 싶어 나가보니 혼자 사는 할아버지의 옆집 할머니였다. 전화상으로는 개인정보 유출이라며 환자 상태를 설명해주지 않으니 병원으로 환자 상태를 확인하러 온 것이다. 중환자실에 입실하면 준비물이나 면회 시간 등에 대해 중환자실 안내를 설명하는데 법적인 보호자가 아니어서 설명을 듣지 못했던 할머니는 본인이 법적 보호자가 아니어서 환자를 보여주지 않는다고 생각한 모양이었다. 처음에 병원에 왔을 때도 법적인 보호자가 아니라며 동의서에 서명도 못 하게 하고 수술 후 환자 상태가 궁금해도 설명을 들을 수 없었다. 알고 보니 할머니는 가족이 없는 할아버지와 이웃 간의 정을 나누며 서로의 보호자 역할을 하고 있었다. 그렇기에 도통 얼굴이 보이지 않고 전화도 받지 않는 할아버지를 찾아가 병원으로 데리고 올 수 있었다. 하지만 병원에서는 권한이 없는 보호자였다.

사람들은 같이 살거나 친분이 있으면, 또는 병원비를 내줄 수 있는 관계면 보호자가 될 수 있다고 생각한다. 그러나 병원에서 받는 동의서는 그렇게 간단하지가 않다. 최악의 상황에서는 환자에게 장애가 생기거나 사망할 수 있다. 그런 동의서에 환자 본인이 서명해도 후회할 판에 누군가의 인생을 걸고 서명하기란 굉장히 어려운 일이다. 미성년자의 자녀이거나 5촌 이내의 형제나 자매간에도 서명의 권한이 제한된다. 직계가족이어야만 인정받을 수 있다. 사회는 급변하고 가족의 형태는 다양해지는데 우리의 법적인 준비는 아직 따라가지 못하고 있다.

간호사가 포기하는 순간,
하늘과 땅은 멈춘다

"선생님, 저 집에 가고 싶어요. 울고 싶어요."

맞다. 나에게도 이럴 때가 있었다. 내 환자를 맡아서 보는 마이 페이션트(my patient, 본인이 맡은 환자에 대해 처음부터 끝까지 책임지는 제도) 교육을 받고 독립한 지 3일밖에 되지 않았을 때다. 내가 맡아보는 환자는 네 명이었고, 그중 한 명은 인공호흡기 치료를 유지하고 있음에도 산소포화도가 안정되지 않았다. 인공호흡기의 설정값을 조절하고 동맥혈 가스 검사를 시행해서 결과를 확인하고 다시 조절하고 다시 채혈하고를 반복했다. 문제는 나에게는 그 환자 말고도 세 명의 환자가 더 있다는 사실이었다. 다른 환자의 처방은 쌓여만 갔지만 산소포화도가 유지되지 않는 이 환자에게 손을 뗄 수가 없었다. 네 시간이 넘는 시간 동안 고군분투하던 주치의와 담당의는 보호자와 면담 끝에 ECMO(체외막 산소화 장치)를 하겠다고 결정했다.

"보호자가 ECMO 동의하겠다고 하셨으니까 빨리 동의서랑 삽입 준비 좀 해주세요."

나의 머리는 현실을 부정했다. 일단 나는 입사해서 ECMO를 본 적이 없었다. 누군가 나에게 "1년에 한 번 있을까 말까 한 일이야"라고 흘러가듯이 말했었는데 내가 혼자 환자를 도맡아서 보기로 한 지 3일 만에 그 일이 벌어지고 있었다. 그저 심장이나 폐를 대신하는 산소화 장치고 죽기 직전의 컨디션에서 적용하는 최후의 보루라는 것만 알 뿐이었다. 타이밍을 놓치면 시도조차 해볼 수 없는 시술이다. 지금이야 그게 얼마나 위험하고 위급한 상황인지 알지만, 그때의 나는 너무 공허하고 멍한 느낌이었다. 그냥 포기하고 나가고 싶었다. 동시에 울고 싶었다. 스트레스를 많이 받으면 머리를 정말 박박 긁고 싶을 정도로 가려워진다는 것을 이때 처음으로 느꼈다. 같이 일하는 선생님들께서 그런 나를 느끼셨는지 삽입을 위한 세트 준비를 해주셨다. 그동안 나의 심경과는 반대로 몸은 자연스럽게 반응하고 있었다. 담당의와 이 방법 저 방법을 선택해가며 환자의 컨디션을 유지하고자 했다. 시간은 점심을 향해 가고 있었다.

"밥 먹을 수 있겠어?"

"아뇨⋯⋯ 저, 이 사람 ECMO 삽입도 삽입인데 다른 환자 처방도 몇 시간째 확인도 못 해봐서 그거 확인해야 할 것 같아요."

그렇다. 나에게 점심은 사치였다. 같이 근무하는 동료 간호사들이 도와준다고 해도 환자에 대해서 알고 있는 내가 처방을 받아야만 가능했다. 하지만 나는 처방을 받을 시간조차 없었다. 그런 나에게 밥과 물, 화장실은 사치였다. 때마침 중환자실 문이 열리고 누군가 크고 빠른 보폭으로 저벅저벅 걸어오며 "준비 다 됐어요?"라고 물었다. ECMO 삽입을 위한 흉부외과 교수님이었다. 어떤 것이 준비가 잘 된 상태인지, 또 어떤 것이 준비가 안 되어 있는 상태인지 모르겠지만 일단 교수님께 들이밀었다. 혼나는 것은 나중 일이었다. 환자의 상태가 좋지 못한 상황에서 행해지는 시술은 모두를 예민하게 만든다. 더군다나 그 치료는 환자가 죽어가기 직전에 선택하는 최후의 보루였다. 냉기가 흐르는 동안 환자에게

ECMO의 카테터가 삽입되고 다행히 기계가 작동되었다. 치료가 잘 되는지 확인하기 위해서는 중심정맥관에서 정맥혈 가스 검사, 동맥에서 채혈하는 동맥혈 가스 검사, ECMO 기계에서 채혈하는 동맥혈 가스 검사의 결괏값을 비교하며 판단한다. 하지만 가는 날이 장날인지 병동 내에 비치되어 있던 동맥혈 가스 검사의 기계가 먹통이었다. 가장 가까운 아래층 부서로 내려가 검사를 시행했는데 거기서도 기계가 잘 작동되지 않는 탓에 생각보다 시간이 오래 걸렸다.

"너, 너무 안 와서 도망간 줄 알았다."

부서에 도착하자 나의 환자를 잠시 봐주던 선임 간호사는 내가 올 시간이 지나도 오지 않자 도망간 것이 아닌가 하는 합리적인 의심이 들었다고 했다. 만약 내가 도망갔더라면 어떻게 되었을까? 그날의 나는 정말 모든 것을 포기하고 싶었다. 체력적으로도 지식적으로도 경험적으로도 모든 것에 한계를 느꼈다. 벽에 부딪혀 멈춰 서서 당황할 것도 없이 나는 해내야만 했다. 만약에 내가 도망갔더라면 잠시나마 내가 보던 환자의 하늘은 멈췄을까? 아마 속도 없이 흐르는 것이 시간이니 흐르긴 흘렀을 것이다. 느리게. 내가 아닌 다른 간호사의 손을 빌려서. 다른 환자들의 시간을 뺏어가며.

그날 나는 점심은 고사하고 다음 근무인 간호사에게 인계조차 하지 못했다. 오후 5시가 될 때까지 일 처리를 하지 못하자 다음 근무 간호사가 포기하듯 집에 가라고 했다. 내가 싼 똥을 다음 근무자가 치운 것이다.

임상 간호사는 사람들이 생각하는 것 이상으로 부족하다. 경력직 간호사들은 자신의 젊은 날을 다 바쳤는데도 바뀌지 않는 현실에 두 손 두 발 다 들고 떠난다. 그 자리는 신규 간호사로 채워진다. 하지만 알아야 보인다. 경험이 있어야 보인다. 알지 못하면 보이지 않는다. 그런 환경에 환자들이 노출되고 있다. 간호사를 많이 배출한다고 해서 해결될 일이 아니다. 숙련된 간호사가 없으면 환자는 전쟁터에 방패 없이 있는 것이나 다름없다.

요즘 의료계는 간호법 제정을 앞두고 서로 날이 서 있다. 임상병리사나 응급구조사, 간호조무사들은 위기의식을 느낄지 모른다. 임상병리사가 했던 심장초음파 같은 검사들이 간호사 영역으로 많이 넘어왔다. 119 구급 대원의 경우, 원래는 응급구조사의 역할이었는데 간호사도 지원할 수 있게 되었다. 간호조무사는 말할 것도 없다. 많은 부분이 간호사의 역할과 겸해 있기에. 이런 이해관계 탓에 간호법 제정이 될 듯 되지 않고 있다.

"도대체 간호사는 왜 파업 안 해? 의사들은 종종 하던데 간호사는 왜 안 해?"

TV 뉴스에서 간호법에 대해 나오자 평소 알고 지내던 지인이 문득 내게 이렇게 물었다. 사람들은 간호사의 파업에 대해서 생각해본 적이 있을까? 의사가 파업했을 때 어떻게 느꼈는지 궁금하다. 조금의 불편감은 있었겠지만 의료계의 붕괴를 느꼈을까? 만약 간호사가 파업을 한다면, 우리가 집 근처에서 보는 1차 병원에서는 보통 간호조무사가 근무하기에 문제가 없겠지만 2차 병원과 3차 병원으로 갈수록 단 하루라도 간호사가 없으면 어떨지 상상해봤을까?

나도 궁금하다. 도대체 왜 간호사는 파업을 안 하는지. 그저 우리는 원만하게 최소한의 인권을 보장받고 싶다. 밥 먹는 시간과 화장실 갈 시간을 보장받고, 갑작스러운 근무 변화 없이 법의 허용범위 안에서 일하고 싶다. 최소한의 인권, 우리가 원하는 것은 단지 그 하나다.

"저번에 병동에서 응급으로 올라온 환자 TB(tuberculosis, 결핵) 나왔대요. 지금 격리방으로 옮겼어요."

"어쩐지…… 그때 기관 내 삽관 하고 가래 뽑을 때 가래 양상이 심상치 않더라고요. 아휴……."

"저도 검사해봐야겠네요. 선생님, 결핵 걸리신 적 있으세요?"

"네. 작년에 걸려서 약 먹었죠. 그때 약 먹으면서 얼마나 고생했는데요."

병원에서 일하다 보면 이런 상황에 자주 노출된다. 응급이라고 해서 환자를 받았는데 나중에서야 감염 환자인 게 파악되어 부랴부랴 보호구를 입기도 부지기수다. 이럴 땐 울음을 삼키며 생각한다. '이미 다 노출됐는데 어떻게 해. 당분간 집에 가지 말아야지.' 나는 걸려도 상관없다. 하지만 가족은 안 된다. 가족에게 옮길 수 없으니 당분간 집에 가는 건 금지다. 솔직히 내가 걸리는 게 상관없는 건 아니다. 나도 무섭다. 하지만 배는 이미 떠났고, 돌이킬 수 없다. 이미 균에 노출되었으니 환자의 생존에 최선을 다할 수밖에.

코로나19 환자를 볼 때였다. 환자가 도망가겠다고 몸부림치면서 나의 보호구가 벗겨졌을 때 들었던 생각은 '걸리면 억울하겠지만 그래도 어쩌겠는가. 나는 괜찮다. 하지만 내 가족이 상처받는 건 싫다'였다. 여기서 내 인생은 마지막인가? 만약 마지막이 아니라면? 나는 어떤 태도와 자세로 생존하고 싶은가?

늘 현재에 최선을 다하는 자세로 생존하고 싶다. 밤에 누워서 눈을 감을 때면 오늘도 별 탈 없음에 '감사'할 줄 아는 사람으로 생존하고 싶다. 생각이 과거에 머물러서 후회하기보다는, 또 생각이 미래로 치달아 두려워하기보다는 현재를 있는 그대로 받아들이고 현재에 집중하면서 어느 한쪽에 치우치지 않고 주어진 것에 최선을 다하는 자세. 그리고 생존에 대해 감사할 줄 아는 자세.

　반복되는 일상이 갑자기 드라마가 된 날이 있었다. 별이 반짝여야 할 밤하늘에 30층이 넘는 아파트가 시뻘건 불길에 휩싸였다. 강풍 때문에 불은 더 번져갔다. 소방서의 소집 전화를 받고 나간 그는 연락이 될 리가 없었다. 한때 내가 사랑했던 사람이다. 그날 새벽, 나는 뉴스 속보를 들으며 생존 소식만 기다리다 스르르 잠이 들었다. 얼마나 잤는지 모르지만 눈을 뜨자마자 핸드폰을 확인했는데 기대하던 연락은 오지 않았다. 하루 종일 그의 생존 연락만 기다렸다. 누군가 살아 있는지 말해줄 연락을 이렇게 기다려본 적이 있을까? 아무것도 할 수 없었지만 생각이 굉장히 단순해졌다. 내가 사랑하는 주변 사람들에게 바라는 것은 단 하나, 존재만 하면 되는 것이었다. 굳이 내 옆이 아니더라도.

　생존이라는 단어는 '生(날 생)'이라는 한자와 '存(있을 존)'이라는 한자를 사용하는데, 여기서 '存'은 '있다, 존재하다, 안부를 묻다, 노고를 치하하고 위로한다'는 뜻을 함유하고 있다고 한다. 살아서 존재한다는 것 자체가 위로하고 당신의 노고를 치하한다는 뜻이 아닐까. 당신은 어떻게 현재를 생존하고 있을까?

　생각해보면 나의 반복되는 일상이 이렇게나 평범하게 흘

러갈 수 있는 건 내가 사랑하는 사람들이 잘 생존해 있기 때문인 것 같다. 내 삶에 존재해줘서, 자신의 삶을 잘 살아내줘서 감사하다. 또한 우리의 이 평범한 날들은 자신의 생존을 담보로 하루를 버텨내주는 사람들 덕분이다. 우리의 생존은 이렇게나 다 연결되어 있다.

5장

코로나의 상흔:

누구도 끝을 이야기할 수 없던 시간들

심신미약 1

눈을 뜨니 깜깜한 밤이었다. 아니 새벽이었다. 데이 출근을 위해 맞춰둔 알람이 울리기 몇 분 전에 나는 자리를 박차고 일어섰다. 지각하면 안 된다는 압박감에 분 단위로 잠이 깬 탓이다. 그저 몸을 침대에서 일으켜 앉았을 뿐 나의 정신은 안드로메다에서 돌아오지 않았다. 몇 분이 지나서야 잠을 깨기 위해 어둠 속을 더듬거리며 전등 스위치를 눌렀다. 딸깍. 티포트에 생수를 들이붓고 물이 끓기를 기다렸다. 안드로메다에 남아 있는 정신을 찾아오려 눈만 껌뻑껌뻑하고 있으려니 티포트가 자기 할 일을 끝냈음을 알렸다. 커피를 마실까 우롱차를 마실까 한참을 고민하다 우롱차를 먹으려고 찻잎을 덜어내고 뜨거운 물을 부었다. 찻잎이 우러난 뜨거운 물을 후후 불며 밤새 건조했던 피부가 촉촉해지지 않을까 생각한다. 한 잔, 두 잔을 우려내는 동안 정신이 제자리에 돌아오자 시계의 시침과 분침이 정확히 보이기 시작했다. '이러다 늦겠네. 그만 먹고 씻자.'

양치와 세수를 끝내고 얼굴에 스킨로션을 바른 후 옷을 갈아입고 나면 나의 출근 준비는 끝난다. 느긋하게 준비해도 10분이 채 소요되지 않는 효율적인 시스템이다. 집을 나서자 깜깜했던 하늘이 노랗게 빨갛게 여러 색으로 물들며 해를 맞이하고 있었다. 이렇게 나의 데이 근무는 시작한다.

그렇게 늦지도 않았건만 출근할 때는 왜 이렇게 종종걸음을 치며 시계를 확인하게 되는지 모르겠다. 출근 도장을 찍고 들어선 병동에 어젯밤 밤을 새우고 일했던 사람들의 얼굴이 보인다. 저 멀리 유리창 넘어서는 우주복을 입고 한창 일하고 있는 동료들이 보인다. 2021년, 코로나19라는 전염병이 돈 지 약 1년 6개월이 지나간 시점이다. 빠르게 유니폼으로 갈아입고 컴퓨터 한 대를 잡고 앉는다. 부서에 입원한 사람들의 최신 상태를 빠르게 흡수하기 위해 이곳저곳을 클릭하느라 나의 손과 눈은 바쁘기만 하다.

'음, 간호기록 봤으니까 그다음은 피검사 결과, 음~ 좋아졌네. 엑스레이를 확인해볼까? 음~ 아주 조금 좋아졌네, 아주 조금.' 혼잣말을 되뇌고 환자 파악을 빠르게 하고 나서야 나이트 근무 간호사들에게 인계를 듣는다.

"저분 조심하세요. 여기 병원이고 기관 내 삽관 되어 있어서 물 못 먹는다고 계속 설명해도 물 먹고 싶어서 그런 건지 발로 물처럼 보이는 병을 계속 까딱까딱 건드려요. 기도 내관을 뺄 것 같더라니……. 오늘 신체 보호대 하고 있는데도 결국 혼자 빼서 급하게 고유량 산소화 장치 적용했고요. 담당의 선생님께는 보고했어요. 고유량 산소화 장치로 산소 유지가 돼서 망정이지……. 그 뒤로도 소리 지르고 난리 났어요. 발도 신체 보호대 적용했는데 힘이 얼마나 센지 맞을 뻔했어요."

이렇게 비협조적인 환자에게 밥까지 먹여야 하다니……. 이런 환자는 신체 보호대를 한 채 밥을 먹어야 하기 때문에 아기에게 밥 먹이듯이 간호사가 다 떠먹여줘야 한다. 간혹 '퉤' 하며 악의적으로 간호사를 향해 뱉어버리기도 한다. 문제는 밥을 먹이는 동안 20분 넘게 아무 일도 하지 못한다는 사실이다. 간호사에게 그 시간은 정말 많은 것을 할 수 있는 시간이다. 근무가 시작되지도 않았는데 벌써 피곤이 몰려온다.

"라윤 선생님하고 ○○ 선생님은 두 번째 팀으로 들어와요."

인계가 끝난 후 오늘의 주임 간호사 선생님이 막내 간호사랑 환자를 먼저 보겠다며 격리구역으로 들어갈 준비를 했다. 보호구를 입고 네 시간 이상 일할 수가 없어 네 시간씩 두 팀을 이루어 환자를 보고 있었다. 주임 간호사가 보호구를 입고 들어가는 동안 커피머신에서 커피 한 잔을 내리고는 환자를 더욱 자세히 파악하기 위해 컴퓨터 앞에 앉았다. 환자의 이름을 적고 그날 내가 보고해야 하는 검사 결과를 주르륵 적었다. 또 처방이 난 것들 중에서도 확인할 것이 없는지 한 번 더 확인했다.

그러고 나서야 CCTV에 비친 환자들을 관찰했다. 나이트 근무자들이 조심하라고 했던 환자는 목이 말랐는지 간호사가 주는 물을 벌컥벌컥 마시고 있었다. 그리고 이내 소리는 들리지 않지만 뭔가를 요구하며 소리를 지르고 역동적으로 침대가 흔들리는 모습이 관찰되었다. 간호사는 손을 풀어주면 덜할 것이라는 생각이 들었는지 환자의 손을 풀어주었다가 묶기를 반복했다.

주치의가 오고 내가 보고할 것들을 보고하고 처방들이 바뀌고 준비를 하다 보니 시간이 정말 눈 깜짝할 사이에 지나가 내가 격리구역에 들어갈 시간이 되었다. 나와 다른 간호사가 격리구역에 들어가며 각자 맡아볼 환자들을 정했다. 서로 아무 환자나 봐도 괜찮다며 환자를 결정하지 못했다.

"그럼 제가 선생님보다 덩치도 크고 힘도 더 좋으니 저 난리 치는 사람 볼게요."

그즈음 나는 개인 PT를 받으면서 웨이트 트레이닝을 했고 다이어트는 하지 않은 탓에 벌크업 상태였다. 나와 같이 들어간 선생님은 몸무게가 50킬로그램 초반대라 환자가 갑자기 돌발행동을 하면 감당이 되지 않을 것 같았다. 이때까지만 해도 나는 스스로를 과대평가하고 있었다. 어쩌면 세상을 너무 믿었는지도 모르고, 살면서 나쁜 일을 경험해보지 않아서인지도 모른다.

한참 델타, 오미크론 등 변이 바이러스가 나올 때여서 우리는 치료되는 환자의 재감염을 막기 위해 1인 1실을 사용하고 있었다.

"아니 물 달라고 물!"

병실로 들어서자 환자는 물을 달라며 소리를 지르고 행패를 부리고 있었다. 물을 갖다주었더니 생수 한 병이 게 눈 감추듯 사라졌다. '하긴 며칠 동안 물도 못 마시고 그랬으니…… 목이 많이 말랐겠지.'

물을 마시고 나자 이제는 밥을 내놓으라며 소리를 질렀다. 밥은 오후 12시 넘어서 온다고 설명해도 다시 들어가면 또 밥 달라고 소리를 질러댔다. '그래…… 며칠 동안 밥 구경도 못 해봤으니 진짜 배고프겠지. 나는 한 끼만 굶어도 눈앞이 핑핑 도는데 그럴 만해.'

윽박지르는 환자가 무섭고 너무하다는 생각이 들었지만 그렇다고 해서 환자의 마음을 이해하기 어려운 것은 아니었다. 화가 나는 걸 꾸욱 눌러대고는 밥은 12시 넘어서 온다고 단호하게 대답했다. 환자의 외침을 흘려들으며 내가 할 일을 스캔했다. 환자의 수액이 들어가는 속도나 소변줄, 산소 용량 등을 쭉 살펴보는데 주사가 잘 들어가지 않았다.

"수액이 잘 안 들어가서 주사 다시 잡을게요."

주사 잡을 준비를 하고 환자의 팔을 한참 둘러보고 바늘로 찌르기 전, "찌를게요"라고 말했다. 환자에게 마음의 준비를 시키며 움직이지 않도록 하려는 것이었는데 환자는 벌써 소리를 질렀다.

"아, 아파! 아프다고!"

"아직 찌르지도 않았어요."

찌르기도 전에 소리를 지르더니 자꾸만 움직이는 통에 바늘이 제 위치에 들어가지 않았다. 몇 번을 더 시도했다. 비만인 환자는 혈관이 잘 보이지 않을뿐더러 감염 방지를 위해 내 손에 라텍스 장갑을 세 겹이나 꼈더니 더 느껴지지 않았다. 통통하게 느껴지는 것이 이 환자의 혈관인지 라텍스 장갑들이 서로 엉켜 만들어내는 느낌인 건지 잘 감별하며 해야 하는 작업이었다.

"아, 밥은 언제 주는데!"
"아직 밥이 안 와서 못 준다고 했잖아요. 기다리세요. 밥 오면 가져다 드릴게요."

그 순간, 무전기를 통해 밥이 왔다는 소식이 전해졌다. 주사를 잡기 위해 여러 번 시도하다 지친 나는 잘됐다 싶어 환자 방에서 나왔다. 밥을 가지고 들어가면서 밥 먹기 전에 움직이지 말고 한 번만 다시 시도해보자고 했다. 두 눈 꼭 감고 한 번만 참아주기를 간절히 바랐는지도 모른다. 눈앞에 바로 밥이 있으니.

"아파!"

"아직 안 찔렀어요. 딱 한 번만 가만히 있으면 바로 끝나요."

"지금 찔렀잖아!"

"네, 이제 찔렀어요."

그러나 이번에도 움찔한 탓에 결국 실패했다. 도저히 안 되겠다 싶어 밥을 주려고 돌아서자 뭔가가 내 앞을 막았다. 순식간이었다. 환자는 나를 밀치고 침대에서 나와 일어서려고 했다.

"밥 줄게요. 앉아요." 이 말이 끝나기도 전에 환자는 나를 밀쳤다. 나를 너무 세게 밀친 탓에 뒤로 많이 밀린 나는 환자를 침대에 앉히려 뒤로 밀었다. 그러자 환자는 나를 바닥에 내팽개쳤다. 무슨 정신이었는지 모르겠지만 나도 환자를 놓지 않았다. 아니, 환자를 손에서 놓을 여유가 없었는지 모른다. 어쩌면 내가 넘어지면서 나온 방어작용일지도 모른다. 내가 정신이 들었을 때는 환자와 내가 바닥에 넘어져 있었다. 그 순간 엄청나게 빠른 속도로 여러 가지 생각이 스쳐 지나갔다.

'와, 어떻게 하지? 비상벨 없는데.'

'누가 날 도와줄 수 있을까?'

'어떻게 도움을 청하지? 콜 벨도 멀리 있고, 전화기도 멀리 있는데.'

'환자와는 말도 안 통하고, 이거 놓으면 도망갈 거 같은데 그럼 어디까지 방역이 뚫리지?'

'누가 밖에서 CCTV를 보고 있을까?'

'만약 도움을 못 청하면 나 여기서 어떻게 되는 거지?'

'내가 얼마나 버틸 수 있을까?'

'데드리프트 80킬로그램도 드는데……. 괜찮아~'

'내가 이 사람을 얼마나 버틸 수 있을까?'

찰나의 고민들이 계속되었다. 도망가려는 환자를 저지하다 보니 내가 환자 위에서 환자를 누르고 있었다. 환자가 좁은 공간에서 이렇게 움직이고 저렇게 움직이다가 되지 않으니 내 보호구 위에 쓰는 보호구 후드를 벗기려고 했다. 이미 뒤쪽을 들어서 벗겨졌고 앞쪽은 벗겨지기 직전이었다. 나는 벗겨지지 않기 위해 후드의 앞면을 얼굴에다 밀착시켰다. 손은 얼굴에 밀착시키고 몸은 환자가 일어나지 못하게 버텼다. 동시에 머릿속에서 또 다른 생각들이 지나갔다.

'보호구 벗겨지면 나도 코로나 걸리는 건가?'

'이미 많이 벗겨졌는데 어떡하지?'

'나 코로나 걸리면 가족들은 어떡해?'

'갑자기 왜 내가 걸려야 하는 거지?'

모자가 뒤에서부터 정수리까지 벗겨졌을 땐 '이미 끝났다' 싶었다. '끝났다. 난 이미 노출이니 이다음에 할 수 있는 건 뭘까.' '어떻게 해?'라는 생각보다 그다음 내가 할 수 있는 것을 우선순위로 생각하다니. '끝났다'라는 단어는 종결이었다. 당황스러운 것보다 나에게 이 상황은 '종결'이었다. 다음 단계로 넘어가기 위한.

환자는 결국 좁은 공간에서 일어났다. 문을 향해 가려고 하기에 나는 이미 노출되었으니 어떻게든 막아야겠다 싶었다. 얼굴의 반에 걸쳐진 후드를 집어던졌다. 환자는 한 손으로 내 목을 잡고 컴퓨터가 올려져 있는 카트를 향해 풀 스윙으로 밀었다. 나의 반사신경은 어디까지인 건지, 밀려가다가도 멈춰 서고 환자를 막아섰다. 그러자 그는 나에게 헤드록을 걸었다.

"저기 CCTV 보이죠? 촬영되고 있어요!"

CCTV를 가짜라고 생각한 건지, 그런 건 필요 없다고 생각한 건진 모르지만 환자는 전혀 아랑곳하지 않고 나의 목을 조르며 문을 열라고 문 앞에 다가갔다. 격리실 문은 두 개로 이루어져 있는데, 터치로 여는 것이 아니라 센서 앞에 손을 가져다 대면 열리는 시스템이었다. 또 한 개의 문이 닫혀야 다음 문이 열리는, 이 환경에 익숙하지 않은 사람들은 모르는 시스템이었다. 환자는 문을 열려고 했으나 열리지 않으니 나를 잡고 문을 열라며 다그쳤다. 문에는 오래된 아파트 엘리베이터에서 볼 듯한 작은 창문이 있는데 창문까지 바짝 다가가서야 격리구역으로 같이 들어왔던 선생님이 도와주러 왔다.

나중에 들어보니 다른 간호사가 CCTV를 보고 온 것이 아니라 다른 환자를 보고 있는데 인터폰으로 빨리 그 방에 가보라고 해서 왔다는 것이었다. 결국 그 선생님도 이 정도 상황까지는 모르고 달려온 것이다. 문 앞에서 선생님이 소리쳤다.

"지금 뭐 하시는 거예요!"
"문 열어. 문 어떻게 여는 거야? 빨리 열어!"

그때 선생님이 열고 들어온 뒤쪽 문이 닫히지 않아 앞쪽

문이 열리지 않았다. 뒤쪽 문이 닫히고 나서도 앞쪽 문이 열리기까지 그 짧은 시차가 내게는 얼마나 길게 느껴졌는지 모른다.

"환자분이 너무 가까이에 있어서 문이 안 열리잖아요! 뒤로 가요!"

나의 발은 버티려는 자세로 엉덩이가 뒤로 빠져 있고 발끝은 문을 지렛대 삼아 환자를 뒤로 밀어대고 있었다. 아마 그래서 헤드록 걸린 목이 더 죄는 느낌이었는지도 모른다. 문 앞의 동료 간호사를 보는 순간 '아 살았다'라는 생각이 들면서도 '문 열리는 사이에 나가면 어떻게 하지? 다른 선생님이랑 나랑 둘이서 환자를 끌고 들어올 수 있을까' 싶었다.

대치 상황 끝에 문이 열렸고 환자는 문 앞에서 막아서는 간호사의 보호구를 바로 한 번에 벗기고 바닥으로 내팽개쳤다. 환자가 갑자기 헤드록을 풀고 나가는 바람에 나 역시 바닥으로 넘어졌다. 환자는 한 문을 지나쳐 열리지 않는 문 앞에서 또다시 문을 열라며 소리쳤다.

"아무리 생각해도 여기 생활치료센터 아닌 거 같아! 빨리 문 열어!"

나가려는 환자를 필사적으로 잡기 위해 손에 잡히는 옷을 잡아당겼다. 그러자 옷의 단추들이 뚜두두둑거리며 다 뜯어졌고 환자는 실오라기 하나 걸치지 않은 맨몸이 되었다. 환자를 잡아당겨서 저지하기가 힘들어진 것이다. 환자의 팔을 잡고 들어가려고 했으나 정신을 차려보니 다른 선생님과 나는 환자의 양쪽 팔에 각각 헤드록이 걸려 있었다.

'아, 진짜, 이 문 하나만 열리면 끝이다. 음압 안 걸려 있어서 다 오염될 텐데 어떻게 하지?'

이런 생각을 하고 있을 때 격리구역 밖에 있던 간호사 선생님이 급하게 보호구를 입었는지 문 앞에 서 있는 것이 보였다. 코로나 병동은 격리구역과 비격리구역이 따로 있다. 격리구역은 환자의 병실과 복도 구역으로 보호구를 입고 돌아다니는 구간이다. 그 공간은 공기를 음압으로 거는 기계가 돌아가고 있다. 쉽게 생각하면 공기를 빨아들이는 기계가 있어서 격리구역 안의 공기가 밖으로 나갈 수 없다. 마지막 문 앞에 서 있는 간호사가 밖에서 무슨 말인가를 하는 것 같았지만 긴장한 탓인지 아무것도 들리지 않았다. '과연 우리 셋이 할 수 있을까' 하는 생각이 스쳤다. 마지막으로 들어온 선생님은 어린 두 아이의 엄마였는데 체구가 작았다. 이쪽의 두 명은 헤드록이 걸려 완전히 무력한 상태였다. 결국 마지막 문이 열려버렸다.

"우와아아악."

마지막에 들어온 선생님도 문이 열리자마자 환자가 손으로 머리를 치는 바람에 보호구가 다 벗겨졌다. 더욱이 벗겨지면 안 되는 마스크마저 벗겨져 버렸다. 그럼에도 선생님은 무슨 괴력인지 120킬로그램이 넘는 환자를 밀고 안으로 들어왔다. 그는 문이 닫힐 때까지 버텨냈다. 엄마의 힘은 정말 설명할 수 없는 건가. 정신을 차렸을 때 이미 문은 닫히고 있었고 빨리 병실 쪽 문을 열어야겠다고 생각했다. 나의 손은 터치도 아닌 문을 계속 터치해가며 문이 빨리 열리기만을 기다렸다. 마침내 문이 열렸고 환자는 힘이 많이 빠진 탓인지, 산소가 공급 안 돼서 숨 쉬기가 힘든 탓인지 우리 힘에 끌려 침대에 누웠다.

나는 그 와중에도 환자에게 심정지가 오면 안 된다는 생각에 환자 입에 수동식 인공호흡기 마스크(ambu bag mask)를 대고 인공호흡을 시작했다. 그의 얼굴은 몸의 산소가 충분하지 않아 청색증을 띠었고 산소포화도를 보는 기구를 부착하자 연신 위험하다고 빨간 경고등이 울렸다. 전염병 환자는 심폐소생술을 할 때 균들이 살려고 몸 밖으로 나오기 때문에 더 전염력이 높다. 수동식 인공호흡기를 시행하는 것도 심폐소생술만큼은 아니지만 균들이 몸 밖으로 훨씬 많이 나온다. 엠부를 짜는 와중에도 환자는 계속 말을 해서 눈에 보이지는 않지만 균들이 더 많이 나왔을 것이다. 우리는 보호구가 벗겨진 상태에서도 환자를 살리고자 했다. 마스크가 벗겨진 간호사는 다시 제대로 착용하지도 못했다. 이렇게나 환자를 살리겠다는 신념과 습관은 무섭다.

균에 노출된 후에도 노출 시간을 줄여야 감염 확률을 낮출 수 있기 때문에 바로 격리구역을 나가야 하는데 우리는 환자를 내팽개치고 나갈 수가 없었다. 우리가 나가면 대체 인력이 들어와서 환자를 봐주고 상황을 정리해줘야 하는데, 위급 상황에 대처하기 위해 인력이 다 들어온 상태여서 손을 바꿔줄 사람이 없었다. 대책은 같이 격리구역에 들어가 치료하는 교수님들이었고 한 명 한 명 전화할 틈이 없어 원내 방송을 했다고 한다. 그렇게 모인 교수님이 들어오는 동안 우리는 환자를 두고 갈 수 없어 균에 계속 노출되었다.

물론 파트장님은 대체해줄 사람이 들어갈 테니 나오라고 했지만 의사들은 환자에게 사용할 물건이 어디 있는지 잘 모르고 원래 간호사와 의사의 역할은 다르다. 따라서 처치를 하려면 간호사가 있어야 했기에 우리는 다음 근무자가 들어오기를 기다렸다. 불행 중 다행은 다음 근무자가 출근하는 시간대에 이 일이 벌어졌다는 것이다.

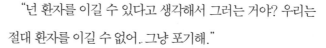

심신미약 2

"넌 환자를 이길 수 있다고 생각해서 그러는 거야? 우리는 절대 환자를 이길 수 없어.. 그냥 포기해."

몇 년 전 나를 힘들게 했던 환자가 있었다. 갑자기 발생한 뇌출혈로 인해 왼쪽에 비해 오른쪽의 힘이 아주 살짝 약해졌다. 살기 위한 나름의 초인적 힘인 건지 뇌가 손상되면서 제어하지 못하게 된 충동적 힘인 건지 모르겠지만, 환자는 신체 보호대를 해두면 끊어버릴 정도로 힘이 좋았다. 치료에 협조적이지 않았고 심한 욕설을 안 하면 견딜 수 없다는 듯이 매번 입에 냄새나는 언어를 담았다.

"야, 미친년아. 이거 풀어달라고!"

"욕하지 마세요."

"야, 도우미! 이거 풀라고."

"여기 병원인 거 아시잖아요. 담당 간호사입니다."

아가씨라는 말은 많이 들어봤어도 도우미라니. 간호사라고 불러달라고 해도 나는 '씨발년아', '간병인', '도우미'라는 말로 불렸다.

"누가 따님에게 그렇게 말하면 기분이 어떨 것 같으세요?"

환자에게 역지사지의 마음을 바라며 이렇게 질문해보기도 했다. 하지만 같이 근무하던 선임 간호사는 말했다. 환자를 이길 수 없다고. 심신미약을 주장하면 답이 없다는 것이다. 환자의 쓰레기 언어와 싸워 이길 수 없으니 참으라는 말을 들었던 순간, 나는 가슴이 터질 듯했다. 동시에 참을 수 없는 눈물이 뚝뚝 떨어졌다. 참을 수 없는 울음, 그건 내가 아무리 울고 싶지 않아도, 꾹꾹 참아내도, 비명이 터져 나오는 울음이었다. 남은 근무를 진행하기 위해서는 마인드 컨트롤을 해야만 했다. 억억거리며 나오는 비명을 손으로 틀어막고 화장실로 향했다. 문을 걸어 잠근 채 터트린 울음은 수십 장의 휴지를 적신 후에야 그쳤다. 마음을 추스르고 나와서도 나는 그 환자를 봐야 했고, 무조건 참아야 한다는 현실을 받아들여야 했다. 그 후로도 2주가 넘는 시간 동안 나는 그 환자에게 시달렸다. 나의 가슴을 치게 만든 순간이 언제 지나갔는지 까맣게 잊고 살아갈 때쯤 훨씬 더 강도 높은 문제를 마주하게 될 줄은 상상도 하지 못했다.

나는 탈출하겠다는 환자로 인해 코로나 균에 노출되었고 그 사실은 억만금을 준다고 해도 돌이킬 수가 없었다. 감염 구역을 벗어나 씻으면서도 '나 어떡하지. 나 만약에 걸리면 어떡하지?' 하는 생각이 달리기 경주를 하듯 뛰어다녔다. 그 당시 나는 개인적으로 정말 중요한 일을 앞두고 있었다. 또 나 혼자만의 일이 아닌 가족의 일이라 더욱 신경 쓰였다. 코로나 환자가 어떤 증상이 있고 얼마나 힘들고 어떻게 죽는지 내 두 눈으로 생생하게 봤기에 무서웠다. 또 걸린다고 해도 한 달 남짓 남은 그 중요한 약속의 날까지 치료가 끝나지 않으면 어떡하나 싶었다.

이 모든 것을 내가 망쳤다. 나와 함께했던 선생님 한 명은 한 달 뒤 결혼 예정이었고, 또 다른 선생님은 아직 엄마에게서 떨어지기 싫어하는 어린아이들이 있었다. 그들까지 나 때문에 코로나에 노출된 것만 같아 마음이 너무 무거웠다. 내가 환자를 컨트롤하지 못해서, 내가 더 덩치가 크고 힘이 세지 못해서 미안했다. 씻는 동안 나 혼자만 있는 공간에서조차 얼굴을 드는 것이 부끄러웠다.

"선생님, 괜찮아요?"

샤워를 마치고 나오는 나에게 들어갈 준비를 하는 의사 선생님이 물었다.

'나, 괜찮은 건가?'

이런 질문을 스스로에게 진지하게 하지 못했다. 온통 '어떡하지?'였다. 나 때문에 벌어질 상황과 노출된 간호사들이 걱정될 뿐이었다. 이 질문은 나를 관통하지 못했다. 언제나처럼 나는 대답했다.

"괜찮아요. 괜찮아요."

한쪽에서는 CCTV를 USB에 담는 작업을 하고 있었다. 누군가 병원 내에서 폭행 사건이 일어난 것이라 경찰에 일단 신고해야 한다고 말했다. 어떻게 된 일인지 묻는 사람들에게 간단히 이야기했다. 주사를 다시 잡아야 했는데 계속 소리를 지르고 움직여서 잘 되지 않았다. 밥을 주려고 하자 갑자기 밀치고 일어서서 앉히려다가 넘어졌다. 탈출하려는 환자와 사투를 벌이며 머릿속에 빠르게 돌아가던 복잡다단한 생각들이 왜 말이나 글로 담으면 몇 문장, 몇 마디로 단순히 끝나게 되는 걸까? 다른 사람들에게 설명하며 조금 전의 일들을 회상했다. 이게 정말 나에게 일어난 일인가? 꿈인지 현실인지 구분되지 않는 상황을 간호기록으로 남겼다. 글로 적으니 단 몇 줄로 끝났다. 정말 쓸 것이 이거밖에 없나 싶었고 환자가 나에게 한 행동을 정말 간호기록으로 적어도 되는 건지 판단이 서지 않았다. 이건 직업병인 건가? 내가 폭행을 당했는데 그것을 환자기록에 써도 되나 고민되는 것이. 환자에게는 해가 되는 행동을 하면 안 된다고 생각하는 것이.

뒤이어 같이 노출된 선생님들이 씻고 나왔다. 다른 사람에게 피해가 가지 않게 우리는 한 단계 높은 마스크를 단단히 쓴 채 우리에게 떨어질 상황을 초조하게 기다릴 뿐이었다. 파트장님은 병원의 감염관리실에 보고하고 감염내과 교수님은 한참 동안 보건소와 통화를 했다. 백신을 맞았으니 수동적 감시자가 될 것이냐 능동적 감시자가 될 것이냐 사이에서 우리의 마음은 불안하게 왔다갔다 했다. 동료들과 간호기록을 남기며 나는 괜히 나 때문에 노출된 것 같아 죄송하다고 말했다.

"너 때문에 벌어진 일도 아닌데 왜 죄송해?"

맞다. 나 때문에 벌어진 일이 아니다. 그렇지만 죄송했다. 환자는 이미 충동적이었는데 내가 막지 못해서, 내가 먼저 노출이 되어서. 내가 문 앞에서 헤드록을 당하고 있을 때 문 앞에 서 있는 선생님을 보는 순간 '도와줄 사람이 왔다'는 생각에 잠시 힘이 빠져서. 도와주는 사람이 왔는데도 둘이서 해결하지 못해서. 마지막에 들어온 선생님이 마스크가 벗겨졌는데도 둘이서 할 수 있으니 나가셔도 된다고 말하지 못해서. 아니 그 전에 선생님이 노출되기 전에 막지 못해서. 그냥 다 미안하고 내가 너무 부족하게만 느껴졌다.

"선생님, 방금 보건소랑 다 통화했고 환자가 델타 변이 바이러스라서 자가격리 들어가기로 했어요."

우리나라에 델타 변이 바이러스가 들어온 지 얼마 되지 않았을 때였다. 환자는 외국 출장 중에 감염이 되어서 온 경우였다. 감염내과 교수님은 보건소와 오랜 전화 끝에 혹시 모르니 자가격리에 들어가자고 말씀하셨다. 원내에 코로나 병동은 우리 한 부서로 운영되고 있었고, 또 근무를 하다가 확진자가 나오면 우리 부서는 폐쇄해야 했다. 그럼 코로나 확진자를 치료할 간호사들이 없어지니 우리의 자가격리는 불가피했다.

지금,
헤어지는 중입니다

"고마웠고 앞으로 건강하고 조카들 잘 부탁한다."

"아이고 형님, 오랜만에 전화하셔서 무슨 그런 말씀을…… 건강 괜찮으세요?"

"코로나에 걸려서 병원에서 치료 중인데 아직 좀 안 좋다네."

"형님, 얼른 건강해져서 나오세요."

"그래, 고마웠다."

오랜만에 전하는 안부 전화인지 마지막 전화인지 알 수 없는 그는 서둘러 전화를 끊고 다른 사람에게 전화를 건다. 그저 살아 있는 것만으로도 벅차다는 듯이 숨을 몰아쉬면서도 그는 전화 걸기를 멈추지 않는다. 앉아서는 자신의 몸 하나 가누지 못했다. 내가 할 수 있는 거라곤 밥 먹는 상에 이불과 베개를 덧대어 기댈 수 있게 만들어주는 것밖에는 없다. 이런 내 마음을 하는지 모르는지 침대맡 모니터에서는 산소포화도가 널뛰기를 하며 나에게 연신 빨간 등을 띄우며 경고를 해온다.

"괜찮으세요?"

"네. 산소포화도가…… 많이 떨어지는 게 아니면 나 조금만…… 더 앉아 있어도 될까요?"

마음 같아서는 산소포화도가 오른 후에 하면 좋겠다고 말하고 싶었다. 하지만 언제 갑자기 인공호흡기를 달지 알 수 없어 그의 안부인지 마지막 인사인지 알 수 없는 전화를 막을 수 없었다. 그의 폐는 그와 우리의 노력이 무색하게 물에 적신 것처럼 하얗기만 했다. 그는 인공호흡기를 달면 깨어날 수도, 깨어나지 못할 수도 있다는 것을 알고 있었다. 자신의 마지막을 직감이라도 하듯 살면서 관계를 맺었던 사람들 한 명, 한 명에게 마지막 인사를 하고 있었다.

"내가 살면서 너무 사람들을 못 챙겼어……. 그게 너무 아쉽네. 지금이라도 전화하려고…… 혹시 내가 잘못되면 정리해야 될 것도 있어서…… 아내랑 딸에게도 알려줘야 해……."

전화를 받는 사람들은 마지막 인사를 하듯 건네는 그의 말을 눈치채지 못하고 빨리 건강하게 나오라고 말했고, 그는 상대방의 말이 끝나기도 전에 "그래그래, 고마웠다"라고 답하며 서둘러 전화를 마무리했다. 흐르는 눈물을 들키고 싶지 않은 듯했다. 전화를 끊고 나서야 아무렇지 않은 척 휴지 한 장을 툭 뜯어내 눈물을 닦아냈다.

"안 힘드세요?"
"괜찮아. 참을 만…… 해."

하지만 누가 봐도 그는 힘들어 보였다. 갑자기 획 하니 작별을 해도 이상하지 않을 만큼 힘든 숨을 쉬면서 정신력으로 버텨내고 있었다. 그렇게 마지막일 수도 있는 이 상황을 감당해내고 있었다. 나는 자꾸만 마지막인 듯 전화하는 그가 정말 자신의 마지막이라고 생각할까 봐, 혹시 지금 포기를 한 것일까 봐, 마음이 과식을 한 것처럼 체한 듯했다.

"환자분, 포기한 거 아니죠? 아니, 포기하면 안 돼요. 환자가 포기하지 않는 한, 우리는 절대 포기 안 해요. 절대 포기 안 할 거예요."

그에게 하는 말인지, 나 스스로에게 하는 말인지 방향성을 잃은 말에 그는 알았다는 듯이 고개를 끄덕였다. 격리구역을 나와서도 나는 주치의를 붙잡고 내가 봤던 상황들을 이야기하면서 환자가 포기하지 않는 한 우리는 포기하지 않는다는 말을 강조해서 전달했다. 이 마음이 주치의에게 전해졌을까.

이 시기, 나는 일을 그만두어야 하나 진지하게 고민하고 있었다. 6개월 전쯤 코로나 치료를 하던 환자가 병실을 나가겠다고 난동을 피운 사건이 있었다. 그 일은 소송으로 이어졌고, 그 때문에 나는 그 일에서 벗어난 듯 벗어나지 못하고 있었다.

"집에 보내주든지, 인공호흡기를 꽂아주든지 둘 중에 결정해."

"두 개 다 제가 결정할 수 있는 사항이 아니에요. 주치의 선생님과 상의하세요."

"주치의 언제 오는데? 이거 다 제거해줘. 나, 나갈 거야."

"격리 중이라 못 나가요. 그리고 저는 제거 못 해드려요."

엎드려 있는 치료적 체위가 힘들다며 자의퇴원서를 쓰고 집에 가겠다고 몇 분마다 불러서 협박하는 환자가 있었다. 6개월 전 사건이 아니었다면 그저 그냥 넘길 수도 있는 일이었다. 하지만 지금은 아니었다. 환자가 저렇게 말할 때마다 지난날 기억이 떠오르며 심장이 두근거렸다. 결국 참다 참다 울음이 터져버렸다. 격리구역 안에서 보호구를 입고 있어 닦을 수도 없는 눈물이 뺨을 스쳐 비를 내렸다.

그 사건 이후 부서 이동을 제안받았다. 그때 나는 잠깐 시간을 달라고 했다. 이겨내고 싶었다. 아직 임상을 떠나고 싶지 않았다. 중환자실 간호사로서 10년을 채우겠다는 목표가 있었고 임상 말고는 생각해본 적이 없었다. 동기들이 다들 공무원이나 공기업을 준비한다며 나갈 때도 나는 전혀 고려하지 않았다. 임상이 힘들어 떠나고 싶어 하면서도 임상을 사랑했다. 애증의 마음이 있었다. 그래서 이 상황을 이겨내고 싶었다. 하지만 비슷한 상황에서 나는 두려워하고 있었다. 나에게 임상은 여기가 끝이 아닐까 하는 울음이었다.

이런 나의 마음을 다잡게 했던 건 이렇게 난동을 피우는 환자 옆에 마지막을 직감하듯 안부 전화를 거는 환자였다. 하루 종일 엎드려 있어야 하는 치료적 체위가 힘들어 보여 잠시 옆으로 누워도 괜찮다고 말해도 힘들지 않다며 노력하던 환자를 포기하고 싶지 않았다. 환자가 포기하지 않는 한 나는 포기하고 싶지 않다.

내가 언제까지 임상에 있게 될지는 모르겠다. 내 두려움을 이겨낼 수 있을지도 모르겠다. 그저 되는 것까지만, 내가 할 수 있을 만큼만, 그때까지만 포기하고 싶지 않다. 언젠가 올 이별이지만 그때가 오기 전까지 포기하지 않고 최선을 다하고 싶다.

• 이 글은 순천향대천안병원의 네이버 공식 블로그에 코로나19 특집 에세이로 게재된 원고입니다.

 # 코로나 시대의 죽음

"네? 저희가 염까지 해야 한다고요? 이건 아니죠."

전염병은 병을 퍼뜨리는 것 외에도 무서운 친구였다. 걸리고 싶어서 걸린 병이 아닌데도 낙인을 찍었고 치료가 되고 나서 일상에 복귀했을 때도 사람들이 피하게 만들었다. 서로를 혐오하게 만들었다. 전염병 진행을 막기 위해서 우리는 서로의 온기를 느낄 시간을 빼앗겼고 더욱 혼자가 되었다.

"혹시 저…… 코로나 병동에서 일하는데 같이 밥 먹는 거 괜찮을까요?"

코로나 병동에서 일한다는 것만으로도 나를 피하는 사람들이 있었기에 정말 친한 경우가 아니라면 같이 밥 먹는 것도 너무나 어려운 일이 되었다. 심지어 같이 일하는 의료진도 퇴근해서 병동을 지나가는 우리에게 이 길을 사용하지 말고 돌아가라고 대놓고 이야기했다. 길은 그 하나뿐이었는데 말이다.

이것만으로도 서러운데 코로나 병동에서는 간호 업무 말고도 많은 일이 우리를 기다리고 있었다. 그 일은 정해진 바가 없었다. 병동에는 간호조무사가 있었지만 여러 사람이 노출될 필요가 없다면서 격리구역 안에서는 간호사인 우리가 간호조무사의 일까지 도맡아서 해야 했다. 격리구역 안에서 폐기물을 밖으로 꺼낼 때 최소 두 번을 환경 소독 티슈로 닦아서 내보내야 했는데, 소독 티슈의 냄새는 방호복을 뚫고 들어와 많이 맡으면 머리가 어지러울 정도였다. 또 폐기물이 하루에 한 개 정도 나오는 게 아니었다. 최소 한 사람당 10개는 나왔다. 환자가 많으면 많을수록 우리는 간호 업무 이외의 일을 하는 데 시간이 많이 소요되었다.

코로나에 걸린 많은 사람이 치료를 잘 끝내고 나가면 좋으련만, 우리가 보는 환자들은 말 그대로 중증 환자였다. 코로나 환자 중에서도 중환자였고, 생과 사의 경계에 놓여 있는 사람들이었다. 코로나로 사람이 죽는다는 것이 너무 억울하게 느껴졌다. 그렇기에 우리는 더 죽기 살기로 일했는지 모른다. 하지만 모든 일이 다 우리 마음대로 되지 않듯이 사람의 생명 또한 같았다.

코로나 중환자 병동이 만들어지고 사망이 발생한 첫날, 사망 시 원내 지침을 보며 우리는 "이것도요?"라는 말을 계속 내뱉을 수밖에 없었다. 보통 일반 중환자실에서 사망이 발생할 때 사람 몸에 부착되어 있던 기구들을 다 제거하고 영안실로 내보냈다. 영안실로 내려간 이후의 절차에 대해서는 잘 몰랐다. 그런데 코로나 환자가 사망한 경우, 감염 위험성이 높다며 삽관되어 있는 관들을 제거하지 않은 채 사체 백을 2중으로 싸서 내보내게 되었다. 이 병동을 나가는 순간 사체 백은 절대 열리지 않는다. 그렇기에 우리가 환자의 염을 다 시행한 후 내보내야 했다. 한 환자가 사망했어도 다른 환자들이 있기에 우리는 빨리 마무리를 지어야 했는데 도저히 빨리 끝낼 수 없는 과정이었다.

"저희가 관에도 넣으라고요? 여자 두 명이서 어떻게 관에 넣어요. 그건 진짜 도저히 못 하겠어요."

사체 백에 환자를 넣을 때도 손목이며 허리가 나갈 거 같았는데 환자를 들어서 관까지 넣으라니. 이건 도저히 못 하겠다고 손을 흔들며 말했다. 보호구를 입고 일을 하면 풍선옷을 입은 것처럼 온몸이 둔하다. 심지어 한여름에도 에어컨

이 없는 공간에서 일했다. 체력적으로 극한의 상태를 느끼며 일하는데 우리에게 요구하는 것들은 끝이 없었다. 단지 감염 위험성을 줄인다는 이유로.

"근데 이렇게 나가면 사체 백 한 번도 안 열죠? 그럼 어떻게 장례를 치러요? 보호자는 사망한 환자 얼굴도 못 보겠네요?"

"응. 내려가면 바로 화장한다고 하던데?"

"정말요?"

"응. 메르스 때도 그랬대."

"하긴 생각해보니 오랜 옛날부터 전염병 환자들은 바로 화장했었던 것 같네요."

그제야 코로나 시대의 죽음이 무엇을 의미하는지 피부로 다가왔다. 메르스 때처럼 1년이면 종식될 거라고 생각했다. 우리가 살면서 전염병을 겪어보지 않은 건 아니었으니까. 사스 때처럼 금방 치료제를 개발할 거라고 생각했다. 세상에는 똑똑한 사람들이 많으니까 우리를 빨리 구제해줄 거라고 믿었다. 굳건한 믿음과 달리 시간이 1년을 지나고 2년이 지나도 우리는 계속 혼란 속에 있었다.

"오늘을 버티기 어려울 것 같아요. 면회는 마스크를 쓰고 두 명만 가능하고요. CCTV로만 가능합니다."

오늘이 환자의 마지막일 수도 있다는 설명을 보호자에게 하면서 우리가 해줄 수 있는 임종 면회에 대해서 설명했다. 문득 그런 생각이 들었다. 임종 면회가 무엇일까? 누구를 위해 있는 것일까? 감염된다는 이유로 환자를 CCTV로만 볼 수 있다니, 만져볼 수도 없다니. 한 사람의 인생에서 너무 가혹한 마지막이라는 생각이 들었다. 그래도 남아 있는 사람들을 지키기 위해서 우리가 할 수 있는 최선이었다.

임종 면회를 하러 들어온 보호자는 처음에 얼떨떨한 표정을 지으며 모니터를 응시했다. 영상으로나마 환자의 모습을 기억하기 위해 잘 보이지도 않는 화면을 확대해달라고 하며 내가 사랑했던 한 사람의 마지막 모습을 사진으로 담으려고 했다. 그렇게나마 기억하고 싶어 했다. 보호자는 CCTV 화면을 통해서라도 환자의 마지막을 기억하지만, 환자는 낯선 공간에서 자신의 일부였던 사람들조차 만나보지 못하고 쓸쓸히 마지막을 정리한다. 이게 코로나 시대의 죽음이었다.

'아무도 없는 곳에서 혼자 죽음을 맞이하네'라는 생각이 머리를 스치며 환자들의 사망 장면이 떠올랐다. 손써볼 수 있는 건 다해보고 자포자기의 마음으로 환자의 마지막을 기다리던 상황. 환자의 심장이 느려지기까지를, 곧이어 멈추기까지를 기다린다. 그 장면에서 환자는 혼자였을까?

혼자라고 생각한 환자는 혼자가 아니었다. 우리와 함께 있었다. 우리가 환자의 보호자였다. 이 생각이 머리를 스치며 내가 하는 행동들을 다시 한번 떠올리게 되었다. 나는 환자의 보호자였을까?

2022년 초였다. 2년이 지나가도 우리는 여전히 코로나의 그늘에서 벗어나지 못했다. 더 큰 그늘 밑에 있을 뿐. 우리의 병실도 비워지면 바로 새로운 사람으로 채워졌다. 확진자가 많아진 만큼 걸려서 중환자가 되는 연령도 어려져 안타까움을 더했다.

"선생님, 감염관리팀입니다. 전원 문의 있어 연락드렸습니다. 20대 남자. 산소마스크 유지하면서 산소 최대로 쓰고 산소포화도 92퍼센트입니다."

"저희 ○○○호로 환자 받을게요. 거기서 준비해서 출발하면 연락 주세요."

통화 후 빠르게 환자 받을 준비를 했다. 이내 환자가 전원을 왔다. 20대 초반의 젊은 남자였고 평소에 게토레이를 좋아하는지 엄청난 양의 게토레이가 비닐봉지에 담겨 있었다. 또 무슨 시험을 준비하는 것인지 두꺼운 책 여러 권도 같이 있었다. 이미 좀 지쳐 있는 듯했고 땀을 많이 흘리고 있었다. 서둘러 침대맡 모니터를 환자에게 부착하고 고유량 산소를 적용했다. 살이 좀 있는 편이라 혈관이 잘 보이지 않았고 여러 겹의 장갑 탓에 혈관이 잘 느껴지지 않아 주사를 잡는 데 시간이 좀 걸렸다. 산소를 흡입하고 안정될 시간이 지났음에도 불구하고 침대 모니터상 산소포화도는 88~92퍼센트에 머물고 있었다. 동맥혈 가스 검사를 시행해 담당 교수에게 보고했다. 산소농도를 올리라는 처방을 받고 증량하고 또 증량했지만 산소포화도는 안정되지 않았다. 환자는 숨을 더 자주 쉬고 식은땀을 흘리며 목의 호흡근이 보일 정도로 숨을 몰아쉬었다. 그러자 담당 교수는 보호자에게 기관 내 삽관을 설명했고 보호자의 동의를 받아 인공호흡기를 연결했다.

"선생님, 이 사람 사이토카인 증후군 아니에요?"

옆에 있던 동료 간호사가 불쑥 의구심이 든다며 이렇게 말했다. 오랜만에 들어본 사이토카인 증후군. 젊은 사람이 코로나에 걸리면 연로한 사람들에 비해 잘 이겨낼 확률이 크지만 반대로 사이토카인 증후군 때문에 갑자기 급사할 수도 있다는 이야기를 들은 적이 있다. 사이토카인 증후군은 쉽게 말해 '과잉 면역반응'이다. 바이러스가 인체에 침입해 면역 물질인 사이토카인이 과다 분비되어 정상세포를 오히려 공격하는 현상이다. 산소포화도가 떨어지는 환자에게 고농도 산소를 달면 그래도 몸속의 산소포화도가 올라가는 편인데 이 환자의 경우 효과가 없었고 병원에 온 지 네 시간도 채 되지 않아 인공호흡기를 연결했다. 안 좋아지는 속도가 폭풍처럼 너무 빨랐던 것이다.

인공호흡기를 달고 나서도 침대맡 모니터의 산소포화도는 나아지지 않고 빨간 등을 띄우며 환자의 위험함을 계속 경고했다. 담당 교수도 인공호흡기를 계속 조절했지만 동맥혈 가스 검사는 좀처럼 교정되지 못했다. 결국 인공호흡기를 단 지 네 시간도 되지 않아 체외막 산소화 장치를 고려했다. 인공호흡기를 단지 얼마 되지 않아 바로 체외막 산소화 장치를 생각해야 한다니. 우리는 마지막 카드를 벌써부터 들어야 했다. 체외막 산소화 장치는 정말 살릴 수 있는 사람에게만 적용된다. 나이가 많거나 암 환자이거나 뇌출혈이나 뇌졸중에

의해 뇌가 손상된 사람들에게는 해당되지 않는다. 그리고 적
용하고 꼭 살아야만 건강보험이 적용된다. 보험이 적용되지
않으면 하루에 몇백만 원씩 드는 치료다. 담당 교수가 체외
막 산소화 장치를 해야겠다는 결정을 하고 보호자에게 설명
하자 보호자는 제발 살려만 달라고 울며 동의를 했다.

　그렇게 병원으로 온 지 하루도 채 되지 않아 우리가 할 수
있는 치료는 다 적용했다. 모든 생명은 다 소중하지만 젊었
기에 더 애절하게 매달렸다. 하루가 지나고 이틀이 지나도
환자의 폐는 물을 흠뻑 머금은 채 더 깊은 바다로 향할 뿐이
었다.

　"폐 이식밖에 답이 없겠는데……."

　주치의는 연구 결과나 엑스레이, 환자의 피검사 수치를 한
참 살피더니 이렇게 중얼거렸다. 폐 이식이라니, 우리 병원
에서는 아직 한 번도 시행된 적이 없었다.

　"폐 이식이요? 우리 병원에서 하나요? 우리 병원에서 간
이식은 많이 있었지만 폐 이식은 한 번도 없었는데요."

　"다른 병원으로 보내야죠."

　"체외막 산소화 장치 달고서 전원을 보낸다는 말이죠? 가
다가 심정지 발생하면 어떻게 해요?"

"의사랑 같이 가야죠."

체외막 산소화 장치는 엄청 신경을 많이 써야 하는 기계
다. 엄지손가락보다 더 굵은 관 두 개가 환자 몸에 삽관되어
있어 관이 빠지는 순간, 환자는 저혈량성 쇼크가 올 수 있고
만약에라도 기계가 꺼지는 순간 갑자기 사망할 수 있는 아주
까다로운 친구다. 그런 친구를 데리고 한 시간이 넘는 거리
를 전원 보낸다니. 처음에는 말도 안 된다고 생각했다.

"선생님, 어떻게 보내요? 한 시간이나 걸리는데 그동안 유
지가 될까요? 저거 다 유지하고 가려면 공간도 커야 할 테고
헬기 띄워서 가야 하는 거 아니에요?
"안 그래도 그 병원에 헬기장 있다고 해서 알아보고 있어
요. 군 수송용이나 소방헬기 쪽으로."

처음에 환자의 폐 이식을 고려했을 때 정말 말도 안 된다
고 생각했지만 이 상태에서 전원을 보낸다는 것은 더더욱 말
이 안 되는 상황이었다. 또 그저 해본 말이 실제로 이뤄지고
있다니 꿈인지 현실인지 싶었다.

"전원 간다고 해도 폐가 과연 뜰까요?"

"일단 가서 기다려봐야죠. 그래도 그곳은 바로 수술이 가능한 곳이니까. 그쪽 병원에서 팀 꾸려서 온대요."

"팀이요? 이런 일이 실제로도 일어날 수 있는지 몰랐어요. 드라마에서나 나오는 이야기인 줄 알았는데……. 아니 드라마에서도 이런 건 본 적이 없죠."

"네. 의사랑 간호사랑 해서 다섯 명 꾸려서 올 건가 봐요. 물어봤는데 헬기나 구급차나 시간이 별로 차이 안 난다고 해서 그냥 구급차 타고 갈 거 같아요."

폐 이식 이야기가 나온 지 3일도 되지 않아 정말 전원 가는 병원에서는 팀을 꾸려왔고 환자를 데리고 갔다. 환자의 물품을 챙기며 그 많던 게토레이가 눈에 들어왔다. 게토레이란 이름은 게이터(Gator)를 돕는다(aid)라는 뜻이다. 미국의 풋볼팀인 '게이터'가 늘 후반전에 기운이 소진되어 패배하는 것을 본 플로리다 대학의 로버트 케이드 박사와 다나 샤이어스 박사를 비롯한 여러 과학자들이 공동으로 연구해 만들었다. 이 음료를 먹고 게이터 선수들은 후반 역전승의 신화를 만들어냈고 '후반전의 팀'이란 별명까지 얻었다.

20대 젊은 남자를 살리기 위해 여러 병원과 시설이 공동으로 힘을 합쳤다. 환자는 전원 간 병원에서 다행히 폐 이식을 하지 않고도 회복되어 빠르게 체외막 산소화 장치를 제거하고 인공호흡기도 떼어냈다는 말을 전해 들었다. 우린 팀을 만들어 폐 이식까지 가지 않은 후반 역전승을 이뤄냈다.

일상이 무너진 삶

'우리나라는 저번에 메르스라는 병도 겪어봤는데 뭘……. 이번에도 잠깐 이러다 말겠지.'

코로나라는 병이 세상에 알려졌을 때 나는 섣불리 생각했다. 심지어 세계보건기구(WHO)가 팬데믹을 선언했을 때조차도 금방 치료제를 개발해낼 거라고 믿었다. 우리는 살아오면서 신종플루와 사스 등 여러 전염병을 겪어왔기에 경험에 따른 판단이었다.

WHO에서는 '전염병 경보단계'를 전염병 위험도에 따라 1~6단계까지 나누는데 최고 경고 단계인 6단계가 팬데믹이다.

팬데믹(Pandemic). 그리스어로 'Pan'은 '모두'라는 뜻이고 'demic'은 인구(population)를 뜻하는 '데모스(demos)'에서 유래했다. 팬데믹 말고도 에피데믹(Epidemic), 엔데믹(Endemic)의 경고 단계가 있다. 에피데믹은 그리스어로 '~위에(over), ~주변에(near)' 등의 의미를 갖는 접두사와 인구라는 뜻을 가진 'demic'을 붙인 단어로, 한 국가나 대륙 같은 특정 지역의 사람들 사이에서 급속히 퍼지는 '일회성 감염병'을 의미한다. 엔데믹은 '~속에' 혹은 '한정된'을 뜻하는 접두사 'en'과 'demic'이 붙어 만들어진 단어로 특정 지역의 주민들 사이에서 '주기적으로 발생하는 풍토병'을 뜻한다.

의료진인 우리는 처음 에피데믹처럼 의료계에 '일회성'으로 조정이 일어날 거라고 생각했다. 이 고비만 넘기면 원래의 일상을 되돌아갈 수 있으리라 생각한 거다. 생각보다 빨리 코로나에 감염된 환자가 넘쳐났고 뉴스에서 본 지 얼마 되지 않아 병원에는 코로나 병동이 생겨났다. 감염병의 초기 단계에는 나라에서 '사회적 거리 두기'를 시행하며 조절했기에 확진자가 한 병동으로도 충분했다. 보통 중환자까지 넘어오는 경우는 많지 않았고 중환자가 된 환자는 내과계 중환자실 간호사들이 파견을 나가서 보기도 했다. 그렇게 1년이라는 시간을 버텨냈는데 2주마다 바뀌는 사회적 거리 두기에 환자는 어느 순간 점점 늘어났다. 기존의 코로나 병동을 유지하면서 '중환자 코로나 병동'을 만들어야 했고 세 개의 중환자실 중에 가장 작은 병동인 우리가 맡아서 하게 됐다. 그렇게 나는 코로나라는 감염병이 생기고 1년 후에 코로나 중환자를 보기 시작했다.

코로나 병동은 환자를 보는 공간과 처치가 이루어지는 공간 그리고 보호복을 벗는 공간을 포함한 '격리구역'과 간호사가 처방을 받고 CCTV로 환자를 관찰하고 약을 준비하는 공간인 '비격리구역'으로 나뉘어 있다. 또 그냥 나뉘는 것이 아니라 비격리구역이 오염되지 않도록 격리구역에서 나올 때 순서가 있다. 보통 코로나 중환자들은 호흡기에 문제가 있기 때문에 가래를 빼고 처치를 하는 그 모든 순간이 균에 많이 노출된다. 그래서 격리구간과 비격리구간은 잘 구분해야만 했다. 나오는 순서를 어기는 순간 비격리구역은 균으로 다 오염되고 일하는 사람들이 위험해진다.

코로나 병동으로 출근하는 첫날, 이 순서가 있다는 것을 머리로는 알았지만 숙지가 되지 않은 탓에 이 문을 열어도 되나 하는 고민이 많았다. 계속 머릿속으로 순서를 생각하고 같이 일하는 동료에게도 재차 확인했다. 그냥 출근해도 되는 상황이 하나하나 점검하고 생각하며 출근해야 하는 길로 바꿰었다. 그런 만큼 나의 신경도 곤두섰다.

평소 중환자실로 출근하는 것과 달라진 것 중 가장 먼저 손에 꼽는 건 화장을 하지 않고 출근한다는 것이었다. 그리고 옷장 속 가장 후줄근한 옷을 입고 출근한다. 어차피 가도 온몸을 뒤덮는 보호구를 쓰면 보이지 않고 또 환자가 있는 격리구역을 나올 때면 보호복을 벗고 샤워를 하고 나왔기에 화장은 시간 낭비였다. 가장 후줄근한 옷을 입고 출근하는 이유는 혹시나 병균을 집에 묻혀올까 봐 집에 오자마자 매일 빨기 위해서였다. 또 아침밥을 꼭 먹고 출근했던 나는 아침밥도 거른 채 출근하게 됐다. 보통 환자를 보는 격리구역 안으로 들어가면 우주복 같은 보호복을 입어야 했고 그 순간 화장실을 단 한 번도 갈 수 없고, 아무리 목이 말라서 기침이 턱턱 나와도 물 한 모금 마실 수가 없었다. 우주복 같은 보호복을 입고 필터를 거쳐 산소가 들어오는 기계를 차고 나면 옷 안에 공기가 차면서 수분이 없어 눈은 메말랐고 이상하게 머리가 너무 아프고 어지러웠다.

무엇보다 전혀 환풍이 되지 않는 옷 때문에 조금만 움직여도 속옷이 다 젖을 정도로 땀을 흘렸다. 네 시간 일하고 보호구를 벗을 때면 머리카락이며 옷에서 땀이 줄줄 흘렀다. 온몸의 수분은 쭉쭉 빠져 나가는데 물은 한 모금도 허용되지 않았다. 몸 안의 열감도 빠져나가지 않기 때문에 동남아 여행 갔을 때보다도 습도가 높았고, 햇볕이 쨍쨍 내리쬐는 한여름보다도 더 더운 탓에 몸이 축축 늘어졌다. 어느 날은 계속된 처치에 지쳐서 환자 침대 난간을 잡고 무릎을 꿇기도 했다. CCTV로 보던 교수님과 간호사 선생님이 나오라고 말했지만 나올 수가 없었다. 엄연히 내가 해내야 하는 일이니 할 수 있다고 말은 하면서도 몸이 따라주지 않아 속상했다.

두 번째로 큰 문제는 생리현상이었다. 오죽하면 기본적인 욕구가 '조절' 가능하다는 것을 알게 되었다. 교대로 네 시간씩 들어가는 날이 많아 밥 먹는 시간이 일정치 않았다. 밥을 거르고 가야 나의 밥때를 맞출 수 있었던 것이다. 또 화장실 신호를 거부하기 위함이기도 했다. 언젠가 한번 격리구역 안에서 환자를 볼 때 배가 사르르 아프면서 신호가 온 적이 있다. 이건 조절이 안 되는 신호 같았지만 내가 나가는 순간 누군가는 바로 급하게 들어와야 했고 더 오랜 시간 근무를 해야 하는 것을 알았기에 무조건 참아냈다. 그 이후 나는 환자를 보러 들어갈 시간이 되면 똥 마려운 강아지처럼 초조했고 신호가 오지도 않은 화장실에 가려고 들락날락했다.

이렇게 기본적인 욕구를 거부해가며 하루를 지냈던 날들이 어느 순간 보니 1년이 지나 있었다. 우리는 웃으며 "내년에 오는 눈은 코로나 종결되고 그냥 일반 중환자들 보며 보고 있겠죠?"라고 말했었는데 그 시간이 지나도 코로나 종결은커녕 확진자가 1만 명대 이상으로 폭증했고 중환자 자리가 없어 급하게 병상을 늘리는 공사를 하고 있었다. 우리는 코로나 환자가 줄어들면 더 작은 코로나 병동으로 옮기기 위해 부서 이삿짐을 싸고 옮겨서 치료했고, 확진자가 다시 늘어나면 더 큰 병동으로 가기 위해 이삿짐을 또 싸서 옮겨갔다.

또 일하는 중간중간 간호사도 계속 확진되어 격리하는 바람에 일할 간호사가 엄청 부족했다. 그 결과, 간호사 한 명당 보는 환자 수가 늘어 중증도가 높아졌다. 심지어 응급 중환자실에서 환자를 보고 있다가도 코로나 병동에 중환자가 늘어 파견 요청을 하면 보던 환자를 부서에 있는 간호사들에게 나눠서 맡기고 코로나 병동으로 넘어가야 하는 경우도 생겼다. 그러면 부서에서 환자를 떠맡으나 간호사는 환자 파악이 제대로 되지 않은 상태에서 환자를 봐야 했다. 또한 확진된 간호사는 격리 기간을 5일밖에 받지 못했다. 몸이 충분히 회복되지 않은 상태에서 열이 나고 정신을 못 차리면서도 부족한 간호사 자리를 채우며 환자를 봐야만 했다.

코로나와 작별한 줄 알았는데 작별하지 못한 그때의 삶. 일상이 다 무너진 삶이었다. 이 같은 상황이 언제 또 다시 일어날지 모르겠다. 사스가 발생하고, 메르스가 발생하고, 코로나19가 발생하고 주기는 더 짧아지고 있다. 매일 똑같은 하루가 이어진다고 생각하지만, 어쩌면 우리는 약속되지 않은 선물 같은 하루들을 살아내고 있지 않을까.

코로나의 상흔

선물 같은 하루들을 살아내다 보니 어느덧 2023년 막바지에 이르고 있다. 코로나19는 감염병 4등급으로 낮아졌지만 종결되진 않았다. 여전히 우리는 끝을 알 수 없다. 2019년 코로나19가 처음 발생하고 우리의 삶은 잠시 멈추었다. 처음 경험해본 것이었다. 핸드폰을 들고 검색만 하면 답이 다 나오는 세상에서 살고 있지만, 그때는 달랐다. 그 누구도 답을 아는 사람이 없었다. 우리 모두 궁극의 무지를 경험해야 했다. 알 수 없다는 것은 혼란과 두려움, 불안으로 이어졌고 서로를 의심하고 미워하게 만들었다. 감염병 하나가 전 세계에 생채기를 내고 있었다.

사랑할수록 거리를 두어야 했다. 그렇게 우리는 사랑하기 때문에 '혼자'가 되어야 했다. 사랑하니까 볼 수 있을 때 자주 봐야 한다는, 나의 사랑에 대한 명제를 철저하게 뒤집었다. 특히 삶의 마지막 종지부를 찍는 시점에서도 '혼자'여야 한다는 것은 더 큰 상실을 안겨줬다. 늘 내 옆에 있을 거라고 생각했던 사람들과 멀어지기도 했다. 몸이 멀어지면 마음도 멀어진다는 말이 있듯이 사회적 거리 두기를 해야 하는 시간이 늘어날수록 연락하는 것조차 어색해졌다. 처음에는 '조만간 밥 한번 먹자'라는 말을 하다가 나중에는 인사치레조차 건넬 수 없는 사이가 되었다.

하지만 넘어져서 상처가 나면 처음에는 피가 나다가 점점 굳고 그 자리에 딱지가 생겨 상처를 보호하듯이 우리는 4년이라는 생채기 속에서 꽤나 단단해졌다. 상실감 속에서 간절하게 느꼈던 건 '감사'였다. 알람으로 하루를 시작하는 것 같지만 실은 신의 선물로 하루를 시작할 수 있다는 것과 사랑하는 사람들이 생존해 있다는 것에 대한 감사다. 일상의 소중함 말이다.

또 혼란스러움에서 내가 배울 수 있었던 건 마음의 중심을 잡는 것이었다. 정해진 답이 없다 보니 사람들은 쉽게 흔들렸고 가짜 뉴스에 현혹되기도 했다. 그 안에서 사실과 생각을 구분할 필요가 있다는 것을 알았다. 내가 두려워한 것들은 하나의 가능성일 뿐이었다. 생각이 과거에 있으면 화가 많아지고 미래에 있으면 두려워서 쉽게 불안해진다. 현재에 존재하는 것이 핵심이었다. 여전히 나는 화도 많고 불안해하지만 그럴 때는 '잠시' 멈춘다. 사실인지 생각인지 구분해보고 내가 현재에 존재하는지 생각해본다.

　돌아올 것 같지 않았지만, 다시 일상으로 우린 돌아왔다. 혹자들은 말했다. 코로나19 전과 후의 삶은 다를 것이라고. 일상으로 다시 돌아온 우리는 이전과 같은 삶을 살고 있을까? '어느 시점으로 돌아갈래?'라고 물으면 돌아가고 싶지 않다고 답하는 사람들이 있다. 젊음을 부러워하면서도 돌아가고 싶어 하지 않는다. 왜일까? 그 시절의 혼란스러운 고통을 기억하기 때문이다. 우리는 4년이라는 긴 시간 동안 생긴 생채기에 더욱 단단해졌을까? 잠시 멈추고 온기를 나눌 수 있는 그릇이 되었을까?

시간의 세례

10년 가까이 일을 하면서 어떤 날은 넘쳐나는 일 속에서 내 역량이 부족하다고 느껴져 울었다. 어떤 날은 환자나 보호자의 말에, 또 어떤 날은 같이 일하는 동료의 말에 상처를 입어 한없이 눈물을 흘렸다. 그런 날들은 바닷속에 잠기는 느낌이었다.

"잘해내고 싶어서 그렇구나. 근데 너의 생각만큼 잘되지 않아서 속상하구나."

얼마 전, 그만두고 싶어 하는 신규 간호사와 대화하면서 잊고 있던 내 모습을 보았다. 바닷속에 잠겨 있던 나의 예전

모습을. 그만두고 싶다고 말하지만 실은 너무 잘해내고 싶어서 허우적거리는 모습. 애쓰고 애쓰다 지친 모습. 살고 싶어서 방어기제로 그만두고 싶다고 말하는 모습. 두 시간이 넘게 대화를 했다. 그리고 나를 믿어달라고 설득했다. 시간이 필요하다고. 그만두는 것이 해결책은 아니라고 말이다. 그 친구가 예민하게 느끼며 자신의 단점이라 여긴 부분은 분명 환자의 이상 징후를 빨리 알아차릴 수 있는 좋은 장점이다. 내가 그랬다. 다만 그걸 알아차리려면 알아야 한다. 쌓이는 지식이 필요하고 시간이 필요하다. 하지만 지금 포기하고 나가면 그 잔흔은 오래 남는다.

"좀 쉬어가면서 해. 넌 쉴 줄을 모르더라."

나름대로 내가 쉬어가면서 일한다고 생각했지만 언젠가 친한 지인에게 이런 말을 들었다. 맞다. 예전의 나는 지금의 나보다 더 쉴 줄을 몰랐다. 내 눈앞에서 매일 '죽음'을 봤으니까. 어린 나이에 마음이 급했다. 밀도 있는 삶을 살고 싶었다. 더 의미 있게 살고 싶었다. 호기심도 많아 여기저기 기웃거렸고 듣고 싶은 강의도 많아서 거금을 투자해서 듣기도 했다. 그런 과정에서 많이 지치기도 했고, 지친 나를 인정하지 않고 성급하게 일어서다가 한참 주저앉아 있기도 했다.

지금 생각해보면 나에게 힘들었던 그 순간들은 '시간의 세례'였다. 세례라는 말은 헬라어 'βάπτισμα(밥티스마)'에서 기원한 단어로 '물에 잠긴다'라는 뜻이 있다. 잠겨 있는 동안은 나에게 너무나 힘든 시간이었지만 그 시간을 지나오면서 노력에 대한 가치, 신념, 존중, 존경, 시간을 쌓고 견뎌야만 가능한 것들에 대해서 깨달을 수 있었다.

직장은 나에게 더 괜찮은 어른이 되어가는 공간을 선물해준 곳이다. 특히 중환자실이라는 공간과 그 안에서 만난 수많은 사람들 덕에 나는 더 나은 사람이 되어갈 수 있었다. 이 지면을 빌려 감사의 말을 전한다.